麥子不死

寫給底層受難者的八封信

楚寒

爲底層人立傳
與受難者同哭

自序

我是在二〇一一年的春天開始這本書的寫作的。想要系統地寫底層受難者的故事已有好些年了，對我來說，這是一個夙願，一份命定的責任。

二十一世紀的第一個十年像潮水一樣退去了，各種媒體紛紛回顧、聚焦於新世紀頭十年的宏大敘事。但此時，我將目光投向那些「小人物」，他（她）們是弱者，居底層，遭苦難，時時繫念於我的心間，因為他（她）們在那裏，宛若我往昔刻骨銘心的私人記憶。

關注底層受難者，緣起我少年時代矢志執念的理想：服務困境冤屈人群。十多年前，我投身於法律服務的工作，與底層受難者們一道四處奔波也起始於此。五年多的法律職業生涯，真可謂嚐遍了酸甜苦辣，直至後來退出了，仍不時心有餘悸。然而，我還是從中受益匪淺的，那些曾經親身經歷和目睹的一切，使我從此對生命有了更加透徹的認識，更加的尊重和憐憫。

更重要的是，那些曾與我攜手同行、像烙印般留在我記憶深處的不幸身影，成了我人生記憶中最珍貴的篇章，促使我日後分出相當一部分的時間精力投入對底層的研究。

時至去年春，長期對底層的關注，以及由此生發的種種思緒，終於想盡情一吐，借助文字的形式與一眾受難靈魂默默對話。這些受難靈魂的故事均發生於剛剛過去的十年，也即，二十一世紀的頭十年當中。昔日的研究中搜集的一摞資料，使我得以將這樣的對話一篇篇地進行下去。

看到一篇接一篇的文章陸續脫稿，每回我的心裏都感到特別的激動和欣慰，同時也特別的謹慎和鄭重。因為我知道面對的是一個個有血有肉而不幸罹難的生命，一顆顆曾經跳動而溫熱的心靈。我想說的是，他（她）們既是單一的個人，同時又是一個群體；他（她）們不僅僅屬於某一個地域，他（她）們就是中國；他（她）們既是一個時代的縮影，他（她）們也是時代本身。

我還想說的是，這些被時代的巨輪碾過羸弱身軀的受難者的故事，應當有機會被以各種形式講述及留存。這些受難者的故事凸現出來的時代真相，應當被言說進而固定下來。以前的法律職業生涯，我既已無力為他們伸冤，如今，就讓我以寫作的方式為他們作證，在文字工作中為他們盡上一份心力吧。

在多少個寫作的日夜，寂靜的我靜坐在書桌前，那些受難負屈的身影恍若浮現在我的眼前，多少次寫著寫著就忍不住哭泣，默默流淚。處理這樣的主題讓我心力交瘁，我知道這些文章都很沈重，寫作之初我就知道，可運筆過程中的心情，仍是常常沈重得無以復加。

可是我知道，無論我怎樣的悲傷和沈重，其實都是微不足道的，相比於那一具具被侮辱被損害的魂靈，那麼長久的冤哭無告，那麼痛苦的呻吟，那麼恣意的凌辱，那麼深重的傷害。深陷這些沈重的故事其中，走了這一趟沈重的文字之旅，是《約翰福音》中的那節經文支撐著我一路走來：「一粒麥子不落在地裏死了，仍舊是一粒；若是死了，就結出許多子粒來。」

不是嗎？這些處於底層蒙受苦難的一個個生命，正像是被大石壓在底下的一粒粒麥子，默默地生長，掙扎，枯萎，受傷，直至最終含冤死掉了。但是，每一滴血都不會白流的，每一個生命都不會白白死去的。

在他（她）們倒下的那片浸透了血和淚的苦難土地上，總有一日，被血淚澆灌的自由的種子必將生根，發芽，開花結果，「就結出許多子粒來」。待到麥子需要春雨的時節，自由的春風終將吹遍古老的東方大地。

我漸漸地，漸漸地意識到，在我筆下這些像麥子一樣柔弱的生靈，他（她）們就是我魂牽夢縈的故土中國，是我朦朧未辨卻又多少次在夢中哀吟輕喚的浩蕩鄉愁。

今夜，《麥子不死》一書終於定稿了，離我那青春飛揚卻早已隨風飄去的少年時代，真是已經過去許多年了。我將這本書視為對少時理想未竟的一份彌補。這是我在底層領域的一次文學嘗試，它不是終結。關於更多的底層受難者的故事，在未來的日子裏，我還會繼續寫下去。

寫於二〇一二年八月十四日、十五日

目次

那個在眾人面前被捆綁的人

——祭貴州仁懷市農民、廣東佛山農民工曹大和

你們要紀念被捆綁的人、好像與他們同受捆綁；也要紀念遭苦害的人、想到自己也在肉身之內。

對那被捆綁的人說：「出來吧！」對那在黑暗的人說：「顯露吧！」他們在路上必得飲食，在一切淨光的高處必有食物。

——《希伯來書、以賽亞書》

1

曹大和，這個貴州省仁懷市高大坪鄉銀水村高路組的貧地農民，在被送回家鄉的火車之上，被捆綁了一夜，之後死去。

土地流轉改革前夜的中國，貧地農民曹大和、文盲農民曹大和、寡言農民曹大和，非正常死亡了，他本來是去修鐵路的。

上面這兩段話，出自《瀟湘晨報》昔日的一則新聞報導，標題是「貧地農民曹大和的死亡之旅」。兩年零七個月前的一個夜晚，當我讀到這則報導時，立時將這段文字摘抄進了工作筆記，計劃日後寫一篇文字，來祭奠這位在鐵路上不幸慘遭非正常死亡的貴州籍農民。

兩年多來，這段文字時常浮現在我的腦海，連帶著一股悲憤和痛心入骨的絕望，提醒我不要忘記兩年前一個年輕生命的生與死、痛與辱。

今日鋪開稿紙，面對你的生平，我素昧平生卻又時常掛念的受難兄弟，文字是無能為力的，卻是我唯一能做的。而你，是否已身處一個不再有歧視、折磨、侮辱和痛苦的自由國度？

2

兩年零八個月前，也即二〇〇八年的九月二十一日上午，你暫別妻兒，離開家鄉——貴州省遵義市下屬的仁懷市高大坪鄉銀水村，與幾個同鄉一起乘坐長途大巴，去遙遠的廣東打工賣苦力。

那一年你年屆二十九歲，生活的重擔壓在你年輕的肩膀上。在村裏，你的一家四口只有六分田，僅靠這份微薄的田地，一家人連吃飯都成問題。

在此之前，你曾兩次與妻子一道外出打工，均是前往福建晉江的一家紙箱廠。第一次是在四年前，只念到小學三年級的你，因為不認識紙箱上的字，只做了四個月就被辭退了；第二次是在一年多前，你們夫妻倆再次來到晉江的這家紙箱廠，這次你在妻子堂弟的幫助下不久適應了工作，但後來因為小兒子的出生，你們夫妻倆在春節前夕再次返回。

回到家中的這大半年來，你靠在鄉裏打零工養家糊口。你給鄉裏需要裝修房子的親戚、熟人做建築工，還去過附近的一家塑料廠做過臨時工。到了九月份，因為攬不到工，你開始整日發愁一家人的生計。憂愁，使得本來言語就很少的你，顯得更加鬱鬱寡歡了。

最令你憂愁的事有二：其一，你不到一歲的兒子每天要吃奶粉，三歲的女兒經常跑到鄰舍的一家小賣部買零食吃。而你又非常疼愛孩子，寧願大人節省一點，也要讓孩子吃上奶粉和零食。你在心裏盤算了一下，兩個孩子的奶粉和零食開支，日均花銷約二十元左右；其二，你家的三間房子已經老舊，其中的一間地勢過於低窪，每到下雨天，房屋就會被雨水淹沒。你籌劃著要將房子的地基加高，再將地基往屋後拓寬，重新蓋一座房子。

這兩項在今日「經濟崛起」的中國並不算多大的開支，就買去了你幾乎所有的笑容。我知道，在西部的貧困山區出生，就註定了你的一生將在困苦中流連，在憂愁中度日如年。可是如果你知道的話，在今日中國其他許多地方的農村、山區以及城鎮，還有千千萬萬的人們也在貧困線的邊緣地帶艱難度日，或許你會覺得命運於你，倒不一定是太過悲慘的罷。

就在你整日尋思在哪兒能攬到一份工可做的時候，你聽說同鄉的李永昌等人在廣東攬到了一份給鐵路挖隧道的活，每天可掙七十元錢，尚需要人手。獲悉這一消息後，你決定跟他們一道去廣東試試打這份工。但是最近家中頗為讓你放心不下，尤其是剛剛學會走路的小兒子不時會跌倒，母親的身體狀況最近也不太好。

你識字不多，幾乎認不全汽車上標識的地名，連普通話也不會講。所以每次出門你都不敢獨自一人，要和他人一道外出才不至於搭錯車。

九月二十一日上午十點左右，你與幾位老鄉一道，有些魂不守舍地，踏上了去往廣東的打工之旅。

臨別時，妻子不停地囑咐你出門在外要小心，她看出了臨別之際你的戀戀不捨，和眼神裏的一絲不安。只是她萬萬沒有預料得到，這會是她今生看你的最後一眼。

3

九月二十二日下午，長途大巴抵達廣州。包括你在內的務工隊伍匯合，一起前往位於廣東佛山的武廣鐵路金沙洲隧道工地。你們一行人住進了工地的二層活動板房，你被安排住在高大坪老鄉們住的九號宿舍。

次日上午休息。到了這天下午，許是太惦念家人，或是長途跋涉身體不適，或是其他不為人知的緣故，周圍的人漸漸發覺你出現了異常舉止。

據事後前去採訪的《瀟湘晨報》報導：「到了下午，很多人都注意到了曹的異常舉動，在工地上跑動，嘴裏胡亂唸叨著諸如兒子掉進水溝裏，哥哥和嫂子吵架，媽媽摔跤了之類的話。更危險的是，當晚曹還跑上了高速公路，被拉了回來。

二十四日下午，李永昌打電話通知了曹的家人。李打電話給曹的妻子熊堂連之後，要曹與妻子通話，熊堂連稱，當時她感覺到丈夫非常想家，『好像馬上想見到家人一樣』，於是託李找人將丈夫送回。她認為丈夫出現那樣的狀況，是因為太想家裏人，夫妻結婚十年來，這是第一次長時間分別，此前不管去哪裏，他們都是在一起，每天晚上丈夫都是等自己睡下才關門睡覺。」

九月二十四日晚，受你妻子委託的李永昌與另兩名同鄉一道，陪同你去往廣州火車站，準備返鄉。

4

接下來在列車上的十幾個小時，這個世界一如既往地正常運轉著，卻是你噩夢般的旅程。旅途的終點站，卻不是你的家鄉，而是你生命的終點。

這趟列車是廣州至遵義的第一二九一次列車。它是中國鐵路票價最便宜的列車之一，當然與此同時，這也意味著其設施條件、服務質量的不盡如人意。每年，成千上萬遠赴廣東打工的貴州等省份西部地區的農民，都是乘坐這趟綠皮列車來回往返（作者註：「綠皮車」係中國鐵路客車中綠色塗裝的車底的總稱，無空調。）車廂內通常會瀰漫著一股怪味，乘客的嘈雜聲夾雜著列車行進的隆隆聲，久久在車廂裏迴盪。

這天，你與三位同伴購買的車票，是最便宜的六號車廂硬座車票。你們一行人的座位臨近餐車，也即列車乘務人員的工作場所。

列車於當晚二十三時啟動。上車後約一個多小時左右，你再次出現舉止異常，不時大聲說話，顯得有些躁動不安，一度還突然站起來大聲喊叫。同伴見狀，立即用力將你摁下坐在座位上。這聲音在夜間顯得有些刺耳，引起了車廂內其他乘客的注意，有人向乘務人員報告。

現在回過頭來看，李永昌等人送你返鄉回家，可能並不是一個好的決定。在佛山若能及時送你去看醫生接受診療，才是明智之舉。

事後醫學專家根據症狀推測，你患上的可能是狂躁症，或是妄想症，而長途列車上因為人流多、空氣不流通、旅途時間長的緣故，旅客誘發「旅途精神障礙」的現象也並不鮮見。就你的情況而言，數日內兩度長途往返，加上缺少休息，極有可能誘發的就是這種「旅途精神障礙」，醫學專家認為，患上此種「旅途精神障礙」的患者也許會慢慢的自然痊癒，或稍加治療即可康復。

但無論如何，種種跡象均顯示，你對周遭人群並沒有明顯攻擊性，在大聲說話時你並沒有走出自己的座位，也沒有與他人發生爭吵或者衝突。

可是過了沒多久，只見包括列車長在內的幾個乘務人員走了過來詢問情況，此刻你正安靜地坐在自己座位上。列車長手中拿了一筒六厘米寬左右的鮮黃色膠帶，看起來很粗，也非常的結實。他決定用手中的這筒膠帶，對你實施捆綁。

這種原本是專門用來封箱子用的厚實膠帶，現在卻反而用在一個合法公民的身上。

作為乘客，在列車上你本應接受的是服務，卻受到了虐待。作為病人，你本應接受的是救助，卻受到了折磨。列車長原本只是鐵路運輸企業的一個乘務員工、一個企業職工，其權力——不，確切地講，應是服務範圍，只是在列車上提供旅行和運輸服務，附帶履行部分的行政職能而已。

列車長，是絕對沒有司法權的，換言之，他是絕對沒有權可以決定、實施去強行捆綁一個乘客、一個疑似病人的。但這本不該發生的一幕，還是發生了。這不是二十世紀上半葉英國作家奧威爾政治諷刺小說裏的「一九八四」，而是現實中國世所矚目的二〇〇八。

5

身穿鐵路制服的列車長先將你摁倒在座位上，然後用膠帶對你實施捆綁，他捆住了你的手臂、肘部、胸部連同身體和膝蓋以下的部位。你本能地掙扎著，膠帶在你的掙扎下搖晃了起來。

很快因為膠帶鬆動了，列車長又再拿來了一筒膠布。這次，他綁住了你的手腕、腳踝等關鍵部位，令你再也無法動彈。

你的上臂和胸部連著上衣被纏繞了若干圈，膝蓋以下也被纏繞了若干圈。纏綁的寬度，約為七至十厘米。

你疼痛難耐，躺在座位上不住地抽搐、滾動著，衣服、褲子上均沾滿了黃色的膠帶痕跡。

你的臉因為痛苦而變形，你的呻吟漸漸變成了嚎叫。那哀號聲如同山中受傷的野狼，或急或緩地迴旋在車廂的上空，顯得分外淒厲、無助。

可憐的你時不時地試著向他人求救，哀求周圍的人鬆開對你的捆綁，但是沒有人為你解開，沒有人。

護送你的同鄉事後稱，他們懾憚於身穿制服的列車長的權威，才不敢反對，也不敢私自解開捆綁。「一下子來了那麼多穿制服的『大蓋帽』，嚇得我們幾個打工仔什麼話都不敢說了。」——這是他們事後對記者吐露的心裏話。

而車廂內的其他乘客大多也是來自貴州、廣西等西部地區去往廣東打工的農民工，與你們一行四人同樣生活在社會的底層，在制服和「大蓋帽」的威嚴之下向來是心生畏懼的「沈默的大多數」，也有一些是抱著看熱鬧心態的「看客」。

也有人對此提出了微弱的異議，但搞不清楚「列車長的權力究竟大到什麼地步，是否能夠隨意決定強行捆綁一個病人」。有些乘客低聲抱怨你「殺豬般的嚎叫」攪擾了自己的睡眠，有些乘客則不時蹓躂過來看看，再回來聊聊自己所看到的情況。你被捆綁的遭遇，為這個漫長乏味的長途旅行增添了談資。

事後一些乘客表示了自責。一位黃姓乘客事後坦言：「在這個事情中，我就像魯迅小說裏描寫的看客，我非常鄙視我自己。」

這一夜，列車長和其他乘務員沒有過來看你一眼，更談不上過問被綁縛者——你的進食、飲水、大小便問題以及身體是否出現不適了。

捆綁發生在眾目睽睽之下，捆綁是以極其粗魯的方式施行，捆綁打著維護公眾利益的名義。這個國家向來有著以良好動機或是美好願望之名，行不公不義乃至罪惡行徑的傳統。當年偉大領袖發動大躍進導致數千萬人餓死慘死的曠世大飢荒，也只是「好心辦壞事」的政策失誤而已。在「曹大和事件」發生之前，有北京開展的「平安奧運」行動，在行動中將各地來京上訪的民眾或驅逐或抓捕，或遣返回鄉。在列車上，也有諸如「營造和諧列車、融入和諧社會」、「謀求新發展、推進平安列車創建工作」等形形色色的活動工程，對各種擾亂列車秩序、侵害旅客利益的違法犯罪活動，進行「嚴打」嚴整。

相較於這些行動的打擊對象，你只是一個普通的乘客、一個暫時出現異常舉止的疑似病人，並不是隨車叫賣、霸座賣座之類的擾亂列車秩序者，更不是盜搶旅財、流竄犯罪、網上逃犯之類的違法犯罪者。你僅只是一個在自己座位上大聲說話的疑似病人，況且還有護送你的三名成年男子陪伴，既不存在現實的緊急危險，也不構成對他人、對自身、對列車的威脅。

但是在「維護車廂秩序」的名義下，粗魯地、放肆地、野蠻地對待這樣一個合法乘客，一個疑似病人，像對待犯罪嫌疑人或服刑囚犯一樣採取「強制措施」，亮麗的口號碾過無助的軀體，虛幻的「人民」利益壓倒現實的「個人」，人就這樣被非人化了。車廂就是縮小版的行進中的社會，穿制服者舉上「繩索」，被制服者無聲服從，旁觀者不敢吭聲，和諧重現，平安降臨。當捆綁被貼上公義的標籤，那麼野蠻和荒謬就以「正劇」的形式，堂而皇之地在大庭廣眾之下上演了。

6

可這一幕正劇卻演成了荒誕劇，最終釀成讓世人良知顫慄的人道主義慘劇。讓我們來看看令人望而生畏的列車長口中聲稱的「依法辦事」、「依法約束精神病人」的法律條文，它究竟是如何規定的：

《鐵路旅客運輸管理規則》第一百二十五條規定，列車內發現無人護送的精神病旅客，列車長應指派專人看護，公安人員應予協助，移交到站或換車站處理，不得轉交中途站。發現有人護送的精神病旅客，乘務員應向護送人介紹安全注意事項，並予以協助。通常，在處理有人陪護、沒有明顯攻擊性的精神病患者時，列車方往往將看護人和精神病患者隔離在一個房間。

也就是說，退一萬步講，就算曹大和屬於法定的「精神病旅客」，按照法律規定，列車上乘務人員應做的事是，向護送人介紹安全注意事項並予以協助，或者將其本人和三位護送人隔離在一個軟臥房間。（前已述及乘務人員並無約束乘客人身自由的司法權，此處不贅。）

針對本起事件，北京回龍觀精神科原主任醫師席廷銘認為，其實也有更好的辦法，根據經驗，比較好的做法是讓下一站有關人員聯繫醫生到火車站接客，注射一針鎮靜劑，能睡上十幾小時，只需要幾塊錢。

在司馬遷的筆下，人的生命「或重於泰山，或輕於鴻毛」。兩千多年過去了，這句話在中華大地上仍然沒有過時。一九四〇年代被秘密處死的雜文家王實味當年在延安曾批評的「衣分三色，食分五等」的等級制度，如今已被放大了無數倍地膨脹、驚人。幾十年來的中國社會，有些群體的生命確實「重於泰山」，譬如說達到一定級別的「高級幹部」，這些人「自己住高級病房不算，還要有一大群醫務人員圍著轉，要進口世界最新最貴的藥物和最先進的設備器材，供他使用，一天耗費二十萬塊錢的醫療衛生資源，多活一個月六百萬，多活三個月一千八百萬，……。」（《二〇〇八年中國社會熱點問題分析》，見周孝正二〇〇八年二月二十八日在首都師範大學的社會學講座）。就飽受民間非議的醫療問題，北京學者胡星斗指出，一方面是老百姓看不起病，另一方面離退休高幹卻長年占據四十多萬套賓館式高幹病房，一年開支五百多億元，再加上在職幹部療養，國家每年花費約兩千兩百億。官員們的公費醫療占去了全國財政衛生開支的百分之八十。

而有些群體的生命卻可謂「輕於鴻毛」，譬如千千萬萬個「曹大和」，千千萬萬個農民、農民工、失地農民、城市貧民、礦工……只需幾元錢的醫療藥物，或是列車上的軟臥房間，是不會分配給他們使用的；譬如，「從一九九一年到二〇〇〇年，中央撥給農村合作醫療的經費僅為象徵性的每年五百萬，地方政府再配套五百萬。全國農民分攤下來，平均每年每人每年大概是一分錢。」（見《當代中國研究》雜誌二〇〇三年第四期）；再譬如，「目前中國農村有百分之四十到百分之六十的人看不起病。在中西部地區，由於看不起病，住不起院，死在家中的人占百分之六十到百分之八十。」（見衛生部副部長朱慶生於二〇〇四年十一月五日在國務院新聞辦新聞發布會上的講話）。

在分析事件的起因時，《瀟湘晨報》提出質疑：「有人說，如果他西裝革履，會不會綁他？」

這句質問，道出了這起事件血淋淋的真相。曹大和不是那種「有身分、有地位」的人。其面貌、衣著加上舉止談吐，讓人一眼就能看出其是來自於西部貧困地區、進城務工的農民工，何況「見多識廣」的列車長呢？——這類乘客通常是他可以任意訓斥，說綁就綁的對象。美國獨立戰爭期間的思想家托馬斯・潘恩說過：「富人的財產，就是另一些人的災難。」這句話運用到當今中國社會裏來，可謂一語中的。特權階層享有的利益，就是另一部分底層民眾的災難。前者的生命被擡高到無比重要的地步，為了讓前述那些大多已垂垂老矣、甚至已成植物人的「高貴」生命或得享安逸或得以殘喘，可以不計成本不惜一切代價；後者的生命卻視如草芥、輕若螻蟻，眼睜睜地看著他尚且年輕的生命一點點地喪失殆盡，一步步地走向死亡。

面對此情此景，在或沈默或圍觀、或漠不關心的全車廂乘客之中，也有援之以手的身影。這是一位名叫成淮強的基督徒。

成淮強與你素昧平生，卻待你以手足之愛。他本來是坐在你後方的座位上的，因不忍看到你痛苦的樣子，特地坐到對面來照顧你。他一邊觀察你的狀況，一邊和你的同伴談話了解情況。在你被捆綁的這段時間裏，他曾數次跑去找乘務人員，並聲稱你並無攻擊性，態度誠懇、但是語氣微弱地請求他們為你鬆綁，可是均遭到斷然拒絕。

看到你痛苦的表情，他不斷地安撫你，將手放在你的額前唱聖詩祈禱，還剝了橘子一瓣瓣地餵到你嘴邊。當他悉心照顧你的時候，時隔很久他依然還記得你——「會很溫順地順從。」

一位評論員對成淮強如此評價：「幸虧有了成淮強這樣的『公民』，還有網友黃先生等這些『準公民』們，這些『沈默的大多數』構成了我們這個社會的基礎。因為他們（還有『我們』中的一部分）良心未泯，所以，才能夠讓我們看到中國的一絲希望。……像成淮強那樣，如果『我們』沒有懺悔、自責的意識和關注他人的行動，『我們』的社會就沒有任何希望。」

次日凌晨六時許，獲悉你的被綁縛膠帶的手腕部位掙開時，又一位「穿制服的」來到你跟前，此人是一位乘警。

這位乘警走上前來，對你的手腕部位用膠帶重新進行捆綁，你再次像上了手腳鐐銬的重刑犯人一樣動彈不得，痛苦加劇。這是對你實施的第二次捆綁。

次日上午九時許，發生第三次也是最後一次的捆綁，同時也是致命的一次捆綁。

當時，列車長在巡視時路過六號車廂，見你的膠帶已被掙鬆成線條狀，他當即說了句：「（膠帶）怎麼鬆了？」轉身他就又去工作間，取了一卷大小規格相同的黃色封箱膠帶過來，再次對你實施捆綁。

在將綁的時候，成淮強站起來大聲反對，「原來的捆綁已經很痛苦了，不要再綁了！」對他的這聲反對，列車長完全置之不理。

在一群圍觀的乘客面前，這次列車長將你的上軀幹整個都綁起來了。因為你的上衣已經散開，膠帶黏住了皮肉，接著腿部也被他重新進行了捆綁。那位黃姓乘客事後回憶說，「列車長像裹粽子一樣，加厚加緊了幾層不乾膠」，成淮強事後回憶說，「當時看了真是心傷。」

在捆綁的過程中，有位乘客提醒說綁得太緊了。聽到這名乘客的提醒，列車長大聲訓斥道：「你這是站著說話不知道腰疼！」

三次的捆綁，盡顯捆綁人果斷勇武、動作俐落、威風凜凜之專業風采。中國鐵路客車上列車長和乘警的雄姿英發，實在是「大國崛起」的最佳形象代言人。

過了不到十分鐘，你伸在凳子外面的雙腳不斷地來回抽搐。此刻的你，已是臉色蒼白得像一張白紙，渾身直冒虛汗。

目睹此狀的成淮強立即跑到餐車，焦急地對著正在用餐的列車長說，「可能會出事啊！」。列車長漠然回他道：「出了事，我負責。」成淮強憤然指著列車長吼道：「好，你負責，那到時我一定會作證！」

這個時候的成淮強已經不顧一切了，話音剛落他即刻跑回車廂，向周圍的乘客借了小刀，隨即割開了膠布。

但是此時此刻，生命跡象已經開始一點點地從你的身上流逝。成淮強附在你的耳旁喊道：「兄弟，不能死啊！兄弟，回來啊！」他想拼命去抓住你的生命跡象，但是他抓不住。

事後成淮強回憶當時的場景，「但生命如同流沙，從他指縫流出，怎麼抓也抓不住，怎麼拉也拉不回。」

他給你餵水，你已經不能吞嚥了。你的舌頭開始變色，眼珠也不轉動了，臉部變得面黃嘴黑，面色紫青。他摸你的脈搏和心跳，已經沒有了。

7

一條上車時原本鮮活的、年輕的生命，就這樣逝去了。

這一刻，車廂裏的空氣凝固了。一張從臥鋪車廂取來的白色被單，蓋住了你的面容。護送你的李永昌打電話給你妻子，顫顫巍巍地通知她：「曹大和死了。」他聽到電話那端，你的妻子「嗷」地一聲大哭了起來。當日，你那年邁的雙親一夜之間變得蒼老了。

此刻，一直照顧你的成淮強低低地哭了起來。悲傷、憤怒和自責，讓這個三十四歲的男人淚流滿面。事後仍自責不已的成淮強說，**「這是我第一次完整地看到一個人的死亡。」**他對記者表白：「最開始綁的時候我很微弱地反對了一下，最後沒有堅持下去，我跟我的朋友說，要是我的勇敢早半個小時，勇敢再大一點，這件事情就不會發生。」他更是不住地懺悔：「為什麼我的勇敢遲到了半個小時？」

黃姓乘客事後在網上發文：「整節車都凝固了，是的，人人都在問、在自責，這列車除了那個四眼青年（作者註：指成淮強）誰沒有責任？想想幾次上廁所看到他，都多看兩眼，恐慌閃亮的眼神，為什麼只有憐憫，沒有解救？我狠（作者註：應為恨）我自已，和大多數一樣選擇沈默。」

中午十二點，列車在途經的廣西來賓市停靠，你的遺體被停放在陌生的異地他鄉。這裏本來只是你回鄉途中的一站，這裏不是你的家。

你死在返鄉途中，你死在回家的路上。你沒能見到家人最後一眼，你死不瞑目。確實，醫生就是這麼說的，廣西來賓市人民醫院急診科醫生蒙國升後來在接受採訪時回憶說：「曹死的時候，眼睛是睜著的。」

你疼愛妻子，在家裏以前都是你給她和一家老少做飯，每晚都是等她睡下了你才關門睡覺。你喜愛孩子，常常帶著兩個孩子在屋子前後玩耍。但是，你再也見不到相伴十年的妻子了，你再也見不到自己的孩子了，你再也見不到自己的父母了。你的妻子、父母也再見不到她們的丈夫、兒子，小姐弟倆也再見不到她們的父親了。

你那粗糙枯乾的雙手，再也沒有機會為妻子做一頓飯，為父母洗一次碗。你那有些瘦弱的臂膀，再也沒有機會抱一抱年幼的孩子，為孩子掙一點奶粉錢。

你在被捆綁過程中不時地用老家方言喊叫：「天塌了，殺人了！」一些乘客聽見了，就詢問護送你的幾位老鄉這句話的意思。護送人一一用普通話予以回答。儘管你的抗議遭到漠視，儘管你的哭號受到嘲笑，但親睹一個活生生的生命從生到死，誰能說你說的不對？

自古以來「人命關天」這一諺語，就是中華民族既樸素、又深入人心的倫理道德觀，古時就連處決江洋大盜也要經過朝廷三法司會審，待秋後行刑。如今在二十一世紀的今天，當一個合法公民、一個疑似病人在號稱「依法治國」的國家的一列火車上被強行劇烈捆綁，生命面臨現實且巨大的危險時，這不是「天塌了」又是什麼？

當一套漠視生命、輕賤人命的制度系統以及觀念系統，及這套制度系統的具體實施者對生命沒有心存敬畏、尊重或是憐憫，而是懷著「維護列車穩定」、「弄死了也就賠幾個錢」之心，對一個活生生的生命強行劇烈捆綁長達十多個小時，對受綁者不聞不問，對異議的聲音予以呵斥，對換一種適當方式處理的建議置若罔聞，以致最終釀成本可避免的命案慘劇，這不是「殺人了」又是什麼？

你死於萬眾歡騰的日子，這一天是二〇〇八年的九月二十五日。這一天註定要被記入「正史」——當然不是因為你的緣故。這天，神舟七號載人航天飛船在甘肅酒泉的衛星發射中心發射升空，這天還是北京奧運會閉幕後整一個月的日子。這天有盛大隆重的慶祝，還有高唱入雲的頌歌，而你，曹大和，一個來自貧困山區的務工農民，居於社會底層的疑似病人，在痛苦和屈辱中死掉了。你死的時候渾身上下都是青紫的淤血痕跡，身旁散落著一節節的黃色膠帶。

你死的時候年僅二十九歲，一個星期後，是你的整三十歲生日。那一年，我三十三歲，是比你年長三歲苟活著的同齡人。得知無辜的你死於非命，想到羸弱的你死於慘死，我的心在流淚。

在列車上的十幾個小時，你承受著難忍的捆縛，你有淚只能往肚子裏吞嚥。現代詩人臧克家在他的〈老馬〉一詩中，描寫了「老馬」的悲慘命運：

總得叫大車裝個夠，它橫豎不說一句話，
背上的壓力往肉裏扣，它把頭沈重地垂下！

這刻不知道下刻的命，它有淚只往心裏嚥，
眼前飄來一道鞭影，它擡起頭望望前面。

這也是你的命運。你就是這首詩中的「老馬」，你甚至還不如一批馬——它儘管承受著重擔和皮鞭，但至少還沒有像你這樣在捆綁中動彈不得，在折磨中慢慢死去。如果你讀過魯迅的文章〈紀念劉和珍君〉的話，你一定也會覺得自己「所住的並非人間」。在這個冷酷的世界上，你短短的一生從來就沒有挺直過腰板，臨死時你睜大了雙眼，看著這個吃人的世間。

這是一個何等殘忍的社會，肆意糟蹋最病弱的人群。這是一個何等冷酷的國度，肆意作踐最底層的群體。再強壯的身軀也掙脫不開結實的捆綁，你的死讓我從此後對膠帶產生了一種莫名的恐懼。

這種莫名的恐懼，讓我想起了聖經中那個擁有上帝所賜超人力氣的參孫。就連參孫也聲稱自己在被繩索捆綁後也會如常人般軟弱，何況你我這些凡胎肉身呢。在嚴實的繩索或者膠帶面前，每一個生命個體都脆弱得不堪一擊。

你的死讓人再一次看到，真正需要約束的，不是像你這樣的弱者，而是權力的惡；真正需要捆綁的，不是像你這樣的病者，而是制度的惡。

8

你死了之後，成淮強開始奔波，媒體開始報導，司法程序開始啟動，網路上開始熱議。善良的人們期望法律能還你一個公道，更期望你的慘死能像二〇〇三年孫誌剛事件（作者註：該事件係湖北籍青年孫誌剛被廣州有關當局以「三無人員」之理由收押，於拘禁期間被毆打身亡。）那樣，能夠埋葬某些反人道的「惡法」，或是在某些領域推動制度性的改革。

但是，這些願望幾乎全都落空了，殷殷期望變成了奢望，種種努力最終成為泡影。你妻子的代理律師提出審理法院應予迴避的申請遭到駁回，列車長被從輕發落，乘警未受到司法追究，沒有任何一部「惡法」或惡的法律條款，像二〇〇三年廢止的《城市流浪乞討人員收容遣送辦法》那樣被掃進時代的垃圾堆，也沒有任何一個為人詬病的制度領域出現根本性的改革。美國民權運動領袖馬丁・路德・金曾憧憬的「平等瀉如飛瀑，正義湧如湍流」景象，離這個國家依然如此遙遠，城鄉卻依舊升平，頌歌也依舊嘹亮。

你死之後這三年來，類似的遭遇不絕如縷地發生在其他農民或農民工身上：受到釣魚式執法的司機斷指明志、因工染病的破碎工開胸驗肺、被強制拆遷的房主無望自焚、擺攤的小商販遭到城管施暴群毆……

不計其數與你背景相似的國民在公權力的威勢碾壓下悽慘呻吟，冤哭無告。你們因出身而遭歧視，你們因階層而遭逼迫，你們因身分而受難，你們淪為這個國家的「賤民」，你們成為落入羅網的困苦窮乏之人。制度性歧視宛若瀰漫在這個國家空氣中的「三聚氰胺」，讓你們跌入暗沈沈不見天日的深淵，即使再悲慘的事件、再洶湧的輿論，也無法撬動堅硬如磐石的冰山一角。於是，還有更病弱的軀體受到摧殘，還有更年輕的生命死於非命。

再過四個月，就是你的三週年祭日了，你的墳頭怕早已經乾了，親人的淚也已流乾。屆時我會為你點燃一支燭光，遙祭千里之外的那座孤墳。如今是晚春的五月，貴州高原的油菜花想必已是開得漫山遍野，只是你再也看不到了。在你被埋葬的那片土地，也必會有金黃鮮亮的油菜花在風中搖曳。那一簇簇的花瓣，全是溫柔的愛和關懷。

寫於二〇一一年五月下旬

那個殞命黑磚窯的智障奴工
——祭甘肅宕昌縣農民、山西洪洞縣黑磚窯奴工劉寶

人若用棍子打奴僕或婢女，立時死在他的手下，他必要受刑。

神又說：「使他們作奴僕的那國，我要懲罰。以後他們要出來，在這地方侍奉我。」

——《出埃及記》、《使徒行傳》

1

近半個月來，有一件大事牽動著國人的心，上至國家領導，下至平民百姓無不為之悲憤，這就是「山西黑磚窯案」。

農民工們每天面對的是打手們冰冷的鐵棍以及狼犬的血盆大口，其中有一名農民工劉寶被毆打致死。

——〈「黑磚窯」到底有多黑？——「山西黑磚窯事件」綜述〉

上面這兩段文字，出自二〇〇七年八月廣東佛山的一份雜誌，第二六八期的《打工族》半月刊（上半月）。

這份主要以農民工群體為報導和創作對象的雜誌，曾有一段時間是我頗為關注的。當年我在準備碩士畢業論文時，曾查找、參閱過好幾期這份雜誌上的資料。我的畢業論文題目是「中國社會救助法律制度研究」，研究對象正是底層民眾、弱勢群體這些處於困難境地的人群。為此我搜集、閱讀了大量有關城鄉困境群體的資料，可以說對這一領域有著相當的了解。到了二〇〇七年初夏，當山西黑磚窯奴隸工事件被媒體曝光、經海內外媒體大量報導的時候，我自是對此十分留意，並且，仍然無比地震驚、出離地憤怒了。

記得當時一連幾天，我都被這種悲憤和哀傷的情緒籠罩著。那些經由媒體曝光的身陷黑磚窯裏的奴工們，堪稱這個時代「底層中的底層」、「弱勢中的弱勢」，他們悲慘的遭遇像夢魘般糾纏在我的腦海，久久揮之不去。

我為此寫了幾篇評論性的文章，刊在香港等地的媒體上。但總感覺這些文字均是泛泛而談，心裏有些話還是沒能暢快地表達出來。隨即我萌生了一個想法：日後有機緣定要寫一篇長文，將視角專注於個體身上，用文字記錄世間一個淪陷黑磚窯的獨特生命，敘述一個受難靈魂的生與死、苦與痛。

就像燙在器物上的烙印塗抹不掉，這個心願伴我一路走來，從沒有丟掉。時至今日已經整整四年過去了，如今憶想起來，這起慘怖的公共事件仍然讓我心有餘悸。我並沒有忘記那些淪陷黑磚窯裏的奴隸工們，那些在當今中國堪稱最可憐、最淒慘的生命。

倘若要寫出一個單個的生命，無疑就是你——來自甘肅山區的窮鄉僻壤、被拐騙到山西洪洞縣黑磚窯裏的當代奴工劉寶。那年你作為受難者群體中的一員，被眾多媒體爭相報導，不僅因為你的悲慘，更是因為你的罹難。多年以來，我在現實中和資料裏見識過無數悲苦的生命，但像你這樣一生浸泡在悲苦境遇中，從生到死都擺脫不了淒慘命運的人，我還確實見到的不多。

如今，我唯有在一疊白紙上寫出你的不幸遭遇。我知道眼前的每一頁稿紙都將會浸滿我的同情、我的眼淚，我也知道它們定然是微不足道的，相比於你的淒慘，你的苦難。

2

近六十年前，你出生在甘肅東南部一個普通的山區農民家庭。如今，這個地方隸屬於甘肅省隴南市的宕昌縣南陽鎮唐坪村。

你的家中共有兄弟姐妹八個孩子，五男三女，你排行老六，上有三兄二姐，下有一弟一妹。你的家鄉地處秦巴山區，海拔在兩千米上下，東邊毗連陝西，南部鄰靠四川。翻過唐坪村村莊後面的大山，可見奔流不息的岷江在山間叢林間緩緩流過。

這裏是一處至今仍是僻遠窮荒的貧困山區，有的地方方圓數里之內不見人煙，可以想見一甲子之前這兒該是多麼的蠻荒。這裏的糧食作物以小麥、玉米和洋芋為主，六十多年前，這些幾乎是村民們唯一的主糧。

六十年前，村民們就連去一趟縣城都要走好幾天路，跟外界接觸很少，對時局的動蕩更是知之甚少，長年的活法就是希望老天爺別為難——有個好收成，可以靠勞動自給自足，求個平安，過個安穩日子。你的父輩、祖父輩乃至於再往上的家族，就這樣在這大山深處一代代地日出而作、日落而息，過著單純的山區鄉村生活，身上、家裏到處都沾染著泥土的氣息。

在你兩歲時，鎮反運動開始。你外公因曾加入當時被認定為「反動會道門」的民間宗教團體——瑤池道，害怕連累家人遂跳井自殺。母親抱著幼小的你，跑到外公埋在野外荒地的墳上，痛哭到深夜。

回到家中，你就發高燒了，數日不退。之後你就變得遲鈍了，落了個輕度弱智。後來你漸漸長大，因為身體長得結實，村裏頑皮的孩子便給你起了個綽號：憨牛。常常一群孩子衝著你起鬨，以此來取笑你。

三歲那年，厄運再度降臨你們家。在這年的土改運動中，你們家被錯劃為地主成分——只因為你家裏有十幾畝地，幾年前舉家外出、走親戚出了趟遠門一段時間，父親怕地給荒了，就租佃給村裏的同鄉，按照契約收過幾個月的地租。就因為這，你們家讓人劃成了地主，成了政府和貧下中農的專政對象。

在這年的清匪反霸運動中，你父親被抓，在一次次大規模的批鬥會上被捆綁、被毆打、被謾罵、被逼著認罪、被逼著交出家裏所有值錢的家當。沒過多久，在鎮一級的公審公判大會上，父親被判處死刑，會後讓人拉到刑場執行槍決。

全家的頂梁柱倒下了，此後一家人的生活僅靠母親的日夜勞作、和親戚的暗中接濟勉強維生，艱難度日。並且，你們全家人從此淪為政治賤民，家中幾個孩子成了遭人唾棄和歧視的「地主狗崽子」。

十二歲時，又一場厄運來臨。在這一年人類史上罕見的大飢荒中，你們家餓死了三個孩子——

四哥吃了母親用棉籽和玉米麵攪和成的餅子，人變得渾身浮腫，肚子撐得難受，就大口大口地喝涼水，結果給活活脹死了。

五姐吃了一塊母親留給她的糠粑，餓癟的腸胃消化不了，結果在痛苦翻滾中，活活給憋死了。

七弟年齡小，怎麼也不肯吃家人從野地裏挖出的野菜、草根之類的東西，於是硬生生地躺在床上餓得斷了氣。

餓死的這三個孩子，再加上早前夭折的么妹，家裏的小孩至此死掉了一半，只剩下了包括你在內的四個孩子。

十五歲時，在四清運動中，母親因受不了沒完沒了的批鬥、毆打和侮辱，在一個孩子們已熟睡的深夜，用一根繩子繫上屋梁，上吊自盡了。從此家裏僅剩的四個孩子，成了沒爹沒娘的孤兒。

二十歲那年，經媒人介紹，你與鄰村的一個姑娘結了婚。婚後不到一年，媳婦嫌家裏太窮跑掉了。從此你因為窮，加上輕度弱智，再也未能娶妻，當然也沒有孩子——成了無妻無子、孑然一生的光棍。

時序流轉到了二〇〇五年，在種田收益實在太低的現實面前，村民們紛紛棄耕拋荒，外出務工。時年已經五十七歲的你自覺身體還挺硬朗，也在尋思著出門找一份工——既為了糊口，也想掙點錢留作自己將來養老。

這年春節期間，曾在鄰省陝西建築工地上打過工的侄兒跟你聊天時談起，他打算過完年後再去西安找份工作。聽到侄兒的話，你在心裏盤算著跟他一道去西安，若他能找份在建築工地上幹活的事，你覺得這樣的工作也挺適合自己的。

到了三月裏的一天，你離開了家門，和侄兒一道踏上了外出的打工之旅。走到村口的一棵老松樹下，枝葉被風吹得喀嚓作響，樹下的根鬚也簌簌地晃動著。

這天的你沒有想到，這會是一趟不歸路。

3

長途汽車抵達西安城，你和侄兒找了家便宜的旅社住下。一連兩天，你們叔侄倆都沒能找到合適的工作。

直到第三天，在西安火車站附近，一對陌生男女突然叫住正在四處找工作的你們倆。這一男一女對你倆說，鄰省山西有個建築工地正在招聘工人，主要幹些推沙子、打灰漿、運水泥、搭架子之類的建築活，包吃包住，每天工作九個小時，月工資一千兩百元，工地位於山西臨汾。

你倆覺得「廠方」開出的條件還行，在陌生男女再三保證「安全可靠，按月結算工資」的情況下，你和侄兒遂跟著他倆，坐上了開往山西臨汾建築工地的一輛麵包車。

當麵包車行駛到山西的一個村落時，已是傍晚時分，天色已經快要黑了。

下車後首先映入你倆眼簾的，是一排低矮簡陋的小磚窯。一堆堆尚未燒製的土黃色磚坯整齊地碼放著，窯口堆滿了燒製變形的次品磚，地上是厚厚的一層黃色浮土。

還沒等你回過神來，就被一個河南口音的人推搡著走進一個工棚，此人正是這個磚窯的老闆。你的侄兒被另外兩個人拉走了，說是要帶他到另外一個工棚。而剛才的那兩個陌生男女，此刻不知跑到哪裏去了。

進入工棚，你被眼前的場景驚駭了：所謂的工棚，不過是用幾片石棉瓦簡單搭建起來的，瓦壁上千瘡百孔。這裏是奴工們夜裏睡覺的地方，是一間沒有床、只鋪著草蓆的磚地、冬天也不生火的黑屋子。只見三十多個人背靠背地打地鋪，草蓆上面橫七豎八躺滿了人，個個都是灰頭土臉的，身上衣衫襤褸，陣陣的臭味和怪味瀰漫在室內。

這時候，你已經完全意識到自己上當了，這根本不是什麼建築工地，而是拐騙人做苦力的奴隸工場！當晚你就想逃跑，但被磚窯老闆的打手抓了回來，遭到一頓毒打。

第二天凌晨五點，天還沒有亮，你就被監工的吼叫聲吵醒了。手持木棍的監工催趕著包括你在內的一群奴工們進入磚窯幹活。從這天起，你地獄般的奴隸工生活開始了。

磚窯的面積規模要比工棚大很多，綿延約數里之長，圍成一個大圈，磚窯之間的煙囪每天都排放著黑黑的濃煙。每個磚窯均有好幾個小窯洞，洞口很低，差不多僅能容一個人拉著小推車出入。窯洞內的面積才僅僅三十多平方米，卻要容納約兩萬塊磚，和七、八個輪流幹活的奴工。窯洞裏的高溫像火爐般炙烤著洞內，卻沒有任何降溫或其他的防護設施。

每天，奴工們就在這幾座窯洞內外，頂著難耐的熱浪，踩著滾燙的浮土，有時候甚至是光著腳幹活。在幾名監工來回不停的監視下，奴工們在毫無防護措施的條件下從事超負荷的勞動：打泥、混土、砌磚坯、刻磚、裝坯、出磚、拉磚坯、碼坯，等等。

窯洞外面放著六條狼狗，幾個手持木棍或者鐵鍬的監工來回走動著，巡視著。奴工們幹活時動作稍微慢一點，或是混土做得不好，或是搬運磚時打碎了磚，立刻就會遭到監工們的毒打。監工通常是用木棍、鐵鍬毆打，再不就直接操起幾塊磚頭朝奴工的頭上砸去。在每天無時無刻的訓斥和毆打下，奴工們漸漸變得麻木和順從了。

奴工們每天的伙食就是吃饅頭、喝涼水，沒有任何蔬菜，偶爾會有一點連豬都不吃的一碗水煮爛茄子。每頓飯必須在十五分鐘之內吃完，拖延了就得挨打。每天從凌晨五點開工，幹到深夜十二點，有時幹到將近凌晨一點才可以睡覺。

晚上睡覺時，奴工們被監工像趕牲口一樣推趕著關進工棚裏，然後大門反鎖，窗戶緊閉。工棚裏陰暗擁擠，沒有照明和通風的設備，通常十分悶熱且潮濕。工棚附近惡臭的河水氣味陣陣襲來，氣味難聞。

窯場裏的奴工是名副其實的「奴隸工」——也就是說，這些奴工不但失去了人身自由，也是沒有一分錢工資的，奴工們被騙來時人販子許諾的所謂「工資」，根本就是子虛烏有。

並且奴工們每個人都被毒打過，許多人被打成重傷，有腿被打斷的，有嚴重燒傷的。

工傷在這裏是家常便飯。來自河南省鞏義縣的小磊，在磚窯還沒有降溫的情況下，就被強逼著出磚，結果身體被大面積燒成重傷，燒傷後沒讓他做任何治療，後經法醫鑒定屬於五級傷殘。來自陝西三門峽庫區的申海軍，因為試圖逃跑，腿被打斷，由於窯場不給治療，導致他的腿後來萎縮變形。來自河南鞏義的張文龍和另外三個年輕奴工，被強逼著去還未冷卻的窯口出磚時，被滾燙的紅磚嚴重燙傷，但工頭沒有將他們送進醫院，而是直接將黃土往傷口上抹，造成他們四人的傷勢更加嚴重。

後來當奴工們被解救出來後，一名來自河南汝州市場樓鄉、名叫陳成功的十四歲童工告訴記者，窯場裏有一種長約兩米多的攪拌機，機器轉速很快，不管是什麼東西，扔到攪拌機裏，瞬間就會打成碎末。

在窯場，如果有哪個窯工不好好幹活，窯老闆就會打電話叫來幾個專門「殺人」的。一次，陳成功被領到該窯場，光頭熊腰的「劊子手」把一個窯工幾棒打暈，隨後扔進飛速旋轉的攪拌機裏……這個場面讓十四歲的陳成功不寒而慄，然而窯老闆卻讓他將目睹的全過程講給其他窯工聽，作為對窯工們的震懾。

想逃跑？沒門！窯場位於曹生村的一個小山坡上，三面是土山，一面是出口，出口處狼狗看守，包工頭和監工們就住在出口處，夜晚鎖住門窗。白天幹活時看守得很嚴，監工居高臨下地來回巡視，整個窯場的狀況一目了然，奴工們根本沒有機會逃走。

倘若要逃跑，抓回來可就慘了。據事後獲救的奴工張文龍稱，他親眼看見來自陝西漢中的一個同齡人（姓名不詳），逃跑未遂抓回來後被割掉耳朵、打斷了腿，落下了終生殘廢。

窯場的具體運作情況是這樣的：窯場主王某是曹生村黨支部書記之子，由於他與有關當局的「關係」，該窯場手續全無，卻能照常生產，亦即他所從事的是非法的私開窯場。窯場位於洪洞縣曹生村王家承包的四百畝塔兒疙瘩山上。

王家將窯場承包給河南人衡某，每出一萬塊磚，窯主支付他三百多元。窯場所用的土均是從山上免費挖取，包工頭要付出的成本，只是燒磚所用的煤等很少的一部分。

作為「食物鏈」的下端，包工頭在分得利益有限的情況下，就想方設法尋找低廉實用的勞動力。易於控制的成年殘障人，和心智尚不成熟的未成年人，由此而成為包工頭主要的獵取目標。

起點從人販子和黑中介開始，人販子每介紹一名奴工，可得三百元到五百元不等的酬勞。他們多在火車站、長途汽車站等人流密集、人聲嘈雜的地方搜尋目標，搜尋到合適對象後，往往採取「介紹工作」等方式拐騙奴工，甚至以赤裸裸的直接綁架押上麵包車的方式，將奴工或未成年少年綁架到窯場。窯場裏的三十多名奴工、童工，均是從外地拐騙或綁架而來的。

4

每天十六個小時超負荷的體力勞動，牛馬一樣的幹苦力，極其惡劣的勞動條件和勞動環境，豬狗不如的伙食，髒亂不堪的地鋪，隨時隨地的毆打和恐嚇，肆意地被踐踏損害。包括劉寶在內的三十多名奴工，用窯主、包工頭、監工和人販子的行話來說，叫做——「黑人」——在這座黑磚窯裏過著慘無天日的生活。

奴工們來到這裏，就不再是有血有肉的、父母生養的「人」，而只是可供任意驅使幹活、能夠帶來利潤的牲口而已。奴工們命如螻蟻，賤若草芥，終日只得默默地忍耐著，不知何時才能結束這種不堪忍受的日子。

現代劇作家夏衍先生在他那篇著名的報告文學作品《包身工》中，描述了一九三二年上海的日本紗廠裏包身工的非人待遇。依我看來，當年日本老闆擄騙來的包身工們固然遭遇淒慘，但是與當代黑磚窯裏的奴工們相比，他（她）們還能在鋼絲車間裏紡紗線，還有稀粥和白菜可吃，夜裏還有床可睡，恐怕做工條件和生活條件均要比黑磚窯裏的奴工們稍好一些。

正如作為最早披露曝光黑磚窯的媒體人、河南電視臺都市頻道欄目組記者付振中在〈我揭開了山西黑磚窯的「蓋子」〉報導中所說：「一個月的時間，我三赴山西暗訪黑磚窯，隨著暗訪的深入，我所看到的黑暗和罪惡一次比一次觸目驚心，從窯場主毆打窯工到打傷打殘窯工，直到窯工被活埋。儘管我再三克制自己，最終還是在洪洞黑磚窯的節目中使用了『慘無人道、罄竹難書』的標題，不到現場，你永遠無法體會到那裏的觸目驚心。」

後來，等到奴工們被解救出來時，他們個個都是遍體鱗傷，有面部燒傷的，有背部或雙前臂燒傷的，有雙足燒傷的，有被打傷打殘的。經法醫鑒定，所有奴工都達到法醫學上的傷情評定等級，傷情從重傷、輕傷到輕微傷不等。

奴工們因為沒有工作服，數年前被拐騙來時穿的衣服仍然還穿在身上，但已經完全破損且髒不可聞了，大部分人沒有鞋子，腳部大多被滾燙的窯磚燒傷。由於長年沒有洗澡、理髮、刷牙，每名奴工均是衣衫襤褸、長髮披肩、鬍子拉碴、渾身汙垢、臭不可聞，身上的泥垢能用刀片給刮下來，有的已經極度虛弱到無力行走，只能在地上爬行。

奴工們的照片通過各種媒體的拍攝傳遍了全世界。在報紙雜誌上，在電視上，在互聯網上，他們的傷情慘狀、呆滯的面容、形容枯槁的樣子，讓全世界各國的讀者觀眾為之驚悚，為之顫慄。

黑磚窯，黑磚窯！這裏驅逐了文明、人道、道德、仁愛、和平，這裏只剩下野蠻、殘忍、貪婪、恐懼、血腥。在追逐利慾的驅使下，一條完整的奴工鏈鋪就而成。可憐的奴工們落入早已設計好的陷阱，從此陷入黑暗和絕望之中，任喪失人性的包工頭一干人等敲骨吸髓似的壓榨和摧殘，慘無人道地監管和虐待，落淚或流血只能往肚子裏吞嚥，無助的眼神看不到希望。儘管窯場外面的世界還是尋常的村落人家，還是尋常的藍天白雲。

但這裏已經不是人間的世界，而是活生生的人間地獄！

5

寫到這裏，儘管我並沒有像河南電視臺記者付振中那樣到過現場，親眼見到過黑磚窯的可怖、奴工們的可憐，我也沒辦法忍得住我的眼淚，和我的悲怒。我要向這位隻身三赴山西黑磚窯、作為國內第一個揭露黑磚窯內幕的媒體人表達我的一份敬意。

從付振中錄製的節目上，我看到山西黑磚窯場的內外概貌，和那些衣衫襤褸、蓬頭垢面、目光呆滯、遍體鱗傷的奴工們。一股透骨的悲涼像電流一樣擊中了我，讓我不由連打了幾個寒噤。

我曾經讀過已故的歷史學學者李亞農先生的《中國的奴隸制與封建制》一書。我記得在那本早在一九五四年就已出版的學術著作中，專治先秦史的李先生以肯定的語氣得出結論，「到了春秋戰國時代，中國歷史上的奴隸制社會已經是一去不復返了。」到今日，過去的專業學者耗費心力致力於整理國故的學術成果，被二十一世紀初葉中國的荒誕現實撕得粉碎。我相信這種對人類社會來說早該絕跡、卻又在中華大地上死灰復燃的罪惡現象，是當今這個世界上最荒誕不經的一幕，即使治學最嚴謹的史學學者聽說了也會瞠目結舌。

在收集黑磚窯資料的過程中，《詩經》中的一些詩句不時躍入我的腦海，使我油然而生一股強烈的驚異感：兩千多年前，西周時期農村公社裏的農奴們雖說境遇困苦，但在某些方面，與當今時代中國的黑磚窯奴工們相比較，境況恐怕也還要稍好一些，還不至於太過悽慘。比如勞動強度，農奴們主要從事伐木、鑿冰、耕種、製衣等勞動；比如食物，農奴們主要進食郁、薁、葵、菽等食物，都是當時人們日常生活中的一些基本食物；比如居住條件，農奴們居於穹窒，係豳地周朝人們常見的住屋；又比如奴隸來源，主要來源一是無法償還債務的人，二是戰爭中的俘虜。當二〇〇七年的初夏新聞媒體掀起了一場輿論風暴之後，「黑磚窯」這三個字，成了渴望現代文明的中國人不可承受的心中之痛。任何一個稍有良知的中國人的心都會為之羞愧，更有種時空錯亂的感覺。

誰能想像得到呢，甲骨文、青銅器時代奴隸制社會的場景，竟然活生生地呈現在自己的眼前，復原在當今這樣一個資訊昌明、自由人權已蔚然成風的全球化時代。而此刻的中國，還陶然沈醉於巨龍騰飛的圖景之中，或為大國崛起而歡呼，或為千年盛世而雀躍。我們以為自己疾行在通向現代文明的道路上，卻在一夕間發現還活在艽野蠻荒。我們以為自從一九七〇年代末期已開始從畸形社會的漩渦中回歸了常態，卻發現這只不過是一場迷夢。

新聞媒體披露出來的黑幕，像一張張密不通風的大網，壓抑和怵懼憋得人透不過氣來。然而，黑磚窯並不僅僅只是山西臨汾市洪洞縣曹生村這一家，也不僅僅只發生在被曝光出來的那一年，而是一個存在時間長、分布範圍廣、牽涉面積大的「平庸的惡」，就像德國宗教改革倡導者馬丁・路德所說的那樣——「魔鬼多如屋上的瓦片」。僅在中國媒體上公開報導的，就有山西、河南、山東、湖南、遼寧、雲南等多個省份。

事實上早在九年前，就有湖南省人大代表遠赴山西、河北等地調查黑磚窯的事情，並上書山西省高層和國務院要求在全國範圍內整治黑磚窯。

「早在一九九八年，湖南省石門縣新關鎮人大主席、省人大代表陳建教已與山西、河北等多個地方的黑磚窯展開較量，解救出數百名被困的民工，其中也有多名童奴。

當陳建教經過長期的孤軍奮戰而感到無能為力時，他想到求助於中央。他曾直接寫信給溫家寶總理，為了從總體上解決黑窯奴工問題，建議中央政府在全國開展一次整治『黑磚廠』的行動，全面解救被囚禁的民工。」（見〈人大代表與山西黑磚窯較量九年　曾上書總理〉，二〇〇七年六月十九日湖南《瀟湘晨報》）

「事實上，關於奴工受騙被脅迫、虐待的事件已陸續曝光多次，僅公開報導過的就涉及山東、山西、湖南、遼寧、雲南等多個省市，而黑磚窯最為集中的是山西運城、臨汾、晉城三地，一根煙囪就是一個磚窯，這些磚窯裏到底還有多少被折磨的窯工，我們不得而知？」（見〈還有多少被折磨虐待的窯工〉，二〇〇七年六月十七日上海《文匯報》）

「最近兩個月來，關於山西眾多黑磚窯扣留了大量未成年人充當苦力的消息，在河南省上千個失子家庭中飛快地流傳。包括羊愛枝在內的數百位父母自發組隊，遍訪山西運城、晉城、臨汾等地的數百家窯廠……部分窯廠轉移了孩子，甚至有窯廠監工看到有人來，就提前用高音喇叭報警。即便這樣，僅付振中目睹的孩子便不下兩個。…當解救孩子的畫面播出後，意想不到的場面出現了——自五月下旬起，打往電視臺的熱線電話已累計兩千多個，上千名失子家長手拿相片，來到電視臺求助。……」（見〈少年血淚鋪就黑工之路　豫晉警方醞釀聯手解救〉，二〇〇七年六月十三日廣州《南方周末》）

中國民間有句諺語，冰凍三尺，非一日之寒。黑暗無道的黑磚窯絕不是「個別現象」，也不是一時一地的「偶發事件」，而是一個長期肆虐已達十多年、殘害了無數奴工和童工的長期的普遍的罪惡。人販子拐賣奴工，磚窯主獲取暴利，包工頭奴役壓榨，地方政府為虎作倀，公職人員收受賄賂，狼與狽勾搭為奸結為同盟，沆瀣一氣，形成了一個龐大的奴工市場，和一條半公開的完整的奴工產業鏈。在這一血淚鑄就的產業鏈條之下，人間的正義和社會的道德底線被徹底踐踏，無數的農民、智障者和青少年受到奴役，無數個昔日安寧的家庭支離破碎。

魯迅先生說過：「暴君治下的臣民，大抵比暴君更暴。……暴君的臣民，只願暴政暴在他人的頭上，他卻看著高興，拿殘酷做娛樂，拿他人的苦做賞玩，做慰安。」確乎如此，應當為黑磚窯承擔罪責的不僅僅是那些「暴民」——利令智昏的窯主、暴虐的包工頭、兇殘的監工打手、和無良的人販子，還應有「暴君」——地方政府乃至更高層的主政當局，他們也難辭其咎。當黑磚窯成為輿論洪流的眾矢之的，而後引發地方政府的專項「解救行動」之後，任何一個稍有見地的人都會發出一連串的質問：

早在九年前，就有湖南省人大代表上書，呼籲在全國範圍內整治黑磚窯，為什麼他合法合理的籲請無人理會？

六年前，《燕趙都市報》就開始連續報導河北定州的黑磚窯內幕，為什麼當地政府對之置若罔聞？

此前，有黑磚窯裏四川籍奴工的上京舉報，北京離休老幹部在黑磚窯的臥底調查，為什麼有關部門置之不理？

在黑磚窯曝光之前，有上千名家長貼出尋找失蹤孩子的告示，也即失蹤的未成年人多達千人，為什麼沒有引起公安機關等有關部門的高度重視和執法行動？

在信息如此通暢的網路時代，這樣一種長期的大規模犯罪不可能不為人知，這樣一種嚴重侵犯人權的產業能夠成百上千地存在、長年累月地運轉，各地各級政府又為什麼對此不加干預、無所作為、聽任其塗炭生靈？

面對這些質問，「有關方面」不願回答也回答不了。可是但凡稍微有點頭腦的人都會想像得出，儘管窯主們、包工頭、監工打手們和人販子們利慾熏心，以至於幹出了喪盡天良的事，但倘若沒有公權力或明或暗的配合，在二十一世紀的今天，就絕不會出現如此大規模的當代奴工童工現象，如此大面積的令人髮指的惡性犯罪行為。

單單就拿山西曹生村的這家黑磚窯舉例來說，山西臨汾市洪洞縣廣勝寺鎮曹生村的這家黑磚窯，位於退耕還林地帶和風景名勝區，沒有任何法律手續卻已生產了長達四年多時間之久。這個磚窯距離鎮政府僅兩公里遠，當地的勞動監察、土地監察、土礦管理和環保部門等單位都非常知情並經常地光顧收受錢財，當地的公安、工商、林業等部門對之也「心中有數」。更可怕的，是《新聞晨報》的一則披露，甚至有政府部門工作人員參與販賣奴工，比如山西萬榮縣勞動局的一名監察員，就曾向當地窯場轉賣過童工，而後收取了一定的酬勞。

通過媒體的披露報導可以看得出來，許多的地方政府對待轄區內經年存在的黑磚窯，保持了失察、默認甚至是鼓勵的態度，成為黑磚窯這一不折不扣的黑惡勢力可恥的幫忙和幫兇。當掌握公共資源的政府部門或尸位素餐，或為黑磚窯奴工產業保駕護航，一場舉世罕見的大規模人道主義災難就這樣釀成了。

黑磚窯得以存在肆虐的原因，僅僅歸咎於奴工產業鏈上眾多的作惡者、助紂為虐的公權力系統，恐怕還仍嫌不夠。這樣一種遠古奴隸制在當代社會的公然復辟，其背後毋庸置疑，必定有其更為深刻的現實原因和時代背景。原因呢？我想，不外乎這麼幾個吧：

其一是，長期以來中國的經濟發展信奉一種所謂的「ＧＤＰ主義」（ＧＤＰ即國內生產總值的英文縮寫），各地政府唯ＧＤＰ增長為發展之不二法門，及獲取政績之終南捷徑。這一發展思路導致眾多地方政府為了增加財富稅收以獲得政績，不惜以犧牲勞工人權、自然環境等為代價，甚至不惜與各種見不得光的「黑色經濟」握手言歡，深陷ＧＤＰ泥潭不能自拔，而淪為「帶血的ＧＤＰ」。與地方行政系統相互利用、各取所需的黑磚窯奴工產業，即為這一經濟發展思路的「代表作」。

其二是，立足於這樣的發展思路，一種荒謬無良的「代價論」應運而生——即所謂為了國家和社會的發展，社會成員中某一部分人付上代價、做出犧牲是必要的。這種「代價論」造成了對罪惡的容忍、放縱和冷漠，同時為這些容忍、放縱和冷漠提供理論上的支持，並且可以無限地延伸下去：為了國家社會的發展，需要部分社會成員付上代價；那麼為了一個省、一個市、一個縣乃至一個鄉或鎮、一個村、一個企業的發展，也自然可以犧牲掉部分人的權益。這一謬論已經一而再、再而三地被當代中國各種罄竹難窮的罪惡事件證明了。

其三是，一些學者驚訝地發現，不少窯主、包工頭本身也是處於社會底層的農民、窮人。之所以他們會「怯者憤怒，卻抽刃向更弱者」，乃因為他們身處的底層社會的社會資源嚴重匱乏。為了爭搶有限的資源，他們內心的人性之惡被無限地激發出來，不惜以弱肉強食的叢林法則尋求生存之道。這是一種底層社會生態的惡化，也驗證了四川作家冉雲飛先生所下的那句結論——「中國是個互害社會」。

其四是，放到更廣闊的時代背景上來看，中國的市場經濟是在民主未立、法治闕如的框架下高速發展，一路跑步前進直至走到今日的。在獲得耀眼的經濟成長數字的同時社會早已是危機四伏，叢林規則橫行，人文價值崩潰，充斥著物慾橫流和顛覆文明的社會氛圍，使得黑磚窯這種令文明人類匪夷所思的傷天害理事件成為現實和可能。

在闡明黑磚窯的罪惡、探究黑磚窯成因的過程中，我的腦海裏不時閃過你的身影——來自甘肅山區、淪陷山西黑磚窯的智障奴工劉寶。

那一年的你已經年過半百了，你很少走出過家門，你對這個社會有著單純的想法，以為憑靠一身力氣就可以外出謀生糊口。當同鄉的村民仍在村裏過著平靜生活的時候，你像一隻落入陷阱的綿羊，任一夥黑磚窯經營主們像獅子般轄制並且撕裂你，而長期無人搭救。

在黑磚窯的那幾年，你終日被高強度的勞動、冰冷的目光、兇狠的毆打、豬狗不如的伙食和居所環繞。漸漸地你原本健壯的身體累垮了，體力精力越來越不如從前，漸漸地你形銷骨立，面容越來越呆滯。你終日被漫無邊際的黑暗籠罩著，掙也掙不開，逃也逃不脫。

6

在梳理一疊黑磚窯資料的過程中，有一幕場景牢固地定植在我的腦海裏，讓我餐食難嚥，悲憤填膺。

我不知道在各地的黑磚窯裏有過多少這樣恐怖的場景，我手上的資料中就有好幾起類似的案件。最終兇手或判監入獄，或處以極刑，而因各種原因不為人知的尚不知還有多少。

想想真是可怕，還不知有多少的孤魂消逝在地獄般的黑磚窯窯場裏頭，永遠地不為人所知。它展現出人類社會中一類群體對生命最極端的踐踏和蔑視，也在一定程度上顯現出一個時代對待生命的輕視和冷漠。我想起了盧旺達大屠殺紀念館中刻著的一句話——「我們不願想起，但我們更不能忘記。」

為此，儘管回憶是痛苦的，但仍然是必要的。我們確有必要找個時間回憶一下，回憶一幕殘酷的場景，和一個罹難的生靈。

那是二〇〇六年農曆臘月的一天。那一天的天氣冷得出奇，朔風呼嘯著從黃土高原上颳過，一層薄薄的寒霜覆蓋了大地。

那天前幾日，包工頭在回河南老家過年之前，召集了監工們吩咐道：「把工人看管好，別讓那些腦子正常的工人偷懶或逃跑，有什麼事給我狠狠地打。那幾個『憨憨』（作者註：指智障者）也一樣，他們手腳不快的話也一樣給我打，打重一點其他人才會害怕。」

那一天跟往常一樣，凌晨五點窯場開工，你和其他工友被催逼到窯場幹活。你和幾個工友先被逼著出磚，然後，又被驅趕著出磚窯的灰。你推著裝滿磚灰的平板架子車，在窯場和坯場之間來回走動，不斷揚起的窯場裏的灰渣灰屑，落在你的身上，漸漸地你渾身上下都是斑斑點點的汙跡。雖然氣溫很低，但不一會兒你就出汗了，你不時地擡手擦拭臉上的汗跡。

這時，監工陳某看到了你正在擦汗，他嫌你的動作慢，就指使身邊的監工同夥趙某打你。趙某立即用手中的鐵鍬猛地朝你身上打去，他手握鐵鍬打在你的頭部、腰部，一邊打一邊叫嚷著，「我叫你偷懶，我叫你做工慢」。頓時一股熱騰的血直往外流，你感到鑽心的疼痛，急忙往窯裏逃跑。

趙某見狀跑起來追上你，又往你的身上瘋狂地打去，你不斷地躲閃，但是仍然挨了一頓如雨點般的毆打。你被打得搖搖晃晃，倏地仆倒在地，躺在地上不斷呻吟，鮮血順著你的身體流淌下來，染紅了地面。

這時，其他幾名監工又圍了過來，幾個人朝著躺在地上的你用腳猛蹬，踹了好一會兒才停了下來。

過了許久，幾名工友圍過來，將已經被打得血肉模糊的你扶了起來，攙扶著你回到工棚裏。回到工棚後你就一直昏迷不醒，但是監工們沒有送你去醫院，沒有人過來看你一眼。已經微弱的生命跡象，正在一點一點地從你的身上流逝。

第二天下午，你在工棚裏斷了氣。工棚外面是嗖嗖穿過的寒風，哽咽地呼呼颳著。

當夜十二時許，聞訊趕來的窯主和幾名監工一起將你的屍體從工棚裏拖了出去，偷偷掩埋在窯場背後荒山的一個舊墓穴裏。後來，警方偵辦本案留下的屍檢記錄為：「顱骨、肋骨、腰椎骨等處骨折……不排除顱腦損傷死亡。」但屍檢記錄上的其餘信息，均是空白。也就是說，沒有一個親人知曉你的死訊。因為墓穴裏蟲子、細菌很多，當半年過後警方前來找出你的屍體時，只剩下一堆白骨了。

一個年近六旬的山區漢子，被拐騙淪為奴工，又被敲骨吸髓地壓榨了數年之後，就這樣被殘忍地活活給打死了。

一個來自西部貧困山區的農民，一個身心殘疾的智障者，一個被拐騙到山西黑磚窯成為奴工的無辜公民，原本是這個國家裏弱勢中的弱勢、底層中的底層，本該受到社會上特別的照顧和關懷，卻被擄入社會的最陰暗角落，淪為當代奴工產業的犧牲品。當監工撲來，鐵鍬掄起，你倒在地上，身上血流如注，傷痕遍布全身，顱骨受損，次日死在汙濁的工棚裏。

你死於寒冬臘月，死於農曆的正月新春來臨前夕。當所有的人都懷著期待和喜樂的心情迎接農曆新年的時候，當外出的人紛紛趕回家中過年的時候，你正在被囚禁的窯場裏飽受煎熬，最後因為「做工慢」而慘遭殺戮。

你的遺體被殺人兇手們草草地埋在陌生的異地他鄉，這裏不是你的家。你活著時逃不回家鄉，死後也無法埋骨歸鄉。

你生前幾乎是一貧如洗，死後也沒有留下任何遺物。你無妻無子，你在千里之外家鄉的兄弟姐妹、侄兒外甥等親人們對你的死訊一無所知。你死後沒有任何親人為你收屍，沒有人在你的墳頭痛哭一場。

你死於山西省臨汾市洪洞縣的黃土坡上，你被埋在黃土高原的荒山之上。山西，曾被唐宋八大家之一的柳宗元稱之為「表裏山河」，臨汾，曾被譽為中華民族的「古代文化搖籃」，黃土高原，乃是中華民族的發祥地之一，而今，我們祖先的生息繁衍之地，卻成了奴役子孫的監牢；我們先人引以為豪的文化故土，卻成了殺戮後代的地獄。

山西的洪洞縣，也是明朝弱女子蘇三（原名鄭麗春，花名玉堂春）蒙冤受難的地方。她被贓官和歹人勾結之下打入死牢之後，發出了泣血般的質問，也定然是你內心的控訴：「縣太爺貪贓枉法草菅人命，眾衙役狼狽為奸共分贓銀。一個個都把良心昧，洪洞縣裏沒好人。」

《詩經》中的〈齊風・東方未明〉一篇中，描繪了一幅奴隸們像牛馬一樣，不分晝夜被奴隸主奴役驅使、在監工嚴密監視下苦苦掙扎的勞動場景，和非人的痛苦生活：「東方未晞，顛倒裳衣。顛之倒之，自公令之。折柳樊圃，狂夫瞿瞿。不能辰夜，不夙則莫。」

這首詩多麼像是在述說你的悲慘遭遇！儘管在這首四言詩中，並沒有描述奴隸們的具體勞動情景，但我想，你在黑磚窯裏被迫做奴工的悽慘和生活的悲苦，一定不會亞於遠古時代西周齊國農場上的奴隸們。在這片冷酷的土地上，你五十多年的人生從來就沒有擺脫過悲慘的境遇，直至最後淪落為奴，死於非命。

你死的那天是公曆二〇〇七年的年初，具體的日子無人知曉——因為你的工友、其他的奴工們在暗無天日的黑磚窯裏「不知有漢，無論魏晉」。你死的這一年，中國的經濟發展實現質的飛躍，成為大國經濟的里程碑——經濟總量首次超過德國，一舉躍升成為世界第三大經濟體。這一年的夏天，全球夏季達沃斯論壇在東北名城大連舉行，來自世界各地的各國政要、企業家、銀行家及各界重量級人士雲集大連，與會代表熱議「中國崛起」——中國作為新興經濟體和全球主要經濟力量的崛起。稍後幾日，世界夏季特殊奧運會在上海舉行，這是專門為智能低下、言語不清的神經和精神障礙患者、生活不能自理的兒童舉辦的國際性運動會。中國政府表示將以此為契機，努力為殘障人士創造一個良好的生活、學習和工作環境，表達中國社會對殘障人士的關愛，展現中華民族扶弱助殘的傳統文化精神，在這屆特奧會上，中國代表團以金牌四百五十九枚排名獎牌榜第一。這一年的秋天，中國將嫦娥一號衛星送入太空，標誌著中國躋身世界航天大國的重要一步。

這一年的中國有驚人的經濟成就，有亮麗的體育成就，還有光鮮的航天科技成就。而你，劉寶，一個中國西部貧困山區普通的貧苦農民，一個自幼患上輕度弱智的殘障者，在這一年的年初，在飽受了殘酷的虐待和壓榨之後，無聲無息地死掉了。

並且，你在臨死之前遭到非人的奴役，遭到殘忍的毆打，遭到無情的拋屍。你的死狀可怕駭人，你的遺體傷痕處處，並且死無完屍，頭無完骨。

7

在二〇〇七年初夏黑磚窯奴隸工事件被海內外媒體大幅報導之後，這一駭人聽聞的兇殺案才浮出水面，你的慘死才引起世人的關注，媒體為之譁然，公眾為之憤怒，南方的一家媒體發表了一篇社論，為一名無辜的共和國公民發出沈痛呼籲——「為黑磚窯的死難者降國旗！」

之後，司法機關開始啟動刑事程序，包括兇徒在內的幾名直接責任人被送上了審判席。面對媒體公眾指向黑磚窯的群情激憤，和民意輿論的強大壓力，有關公權力部門像是從昏睡中醒來似的，展開了一場運動式的清理黑磚窯的「專項解救行動」。最終，數百名奴工、童工被解救出來得以返鄉，一批黨政公職人員受到黨紀政紀處理。

但是，這場所謂的專項解救行動並不盡如人意。從官方公布的各地被解救出來的奴工、童工數字來看，仍有許許多多的失蹤青少年尚未被解救出來；從受到黨紀政紀處理的黨員幹部、公職人員的級別來看，處理層級僅僅是位於黨政系統低層的縣、鎮級別的官員，沒有往上面更高級別的官員問責；從輿論轉向來看，從最初的問責風暴逐漸轉為高唱讚歌，歌頌地方當局成為解救奴工的「救世主」，以及諸如「農民工兄弟，到處都有溫暖的家」之類的所謂「主旋律輿論導向」；從解救行動的方式來看，這是一場以運動模式取代法治、以短期解救代替長效機制的非常方式，它或許「看起來很美」，但治標不治本。

這一切均表明，各地當局只想盡快平息如排山倒海般的民怨，而忽視法治和建立中國社會鏟除奴工鏈條的長效機制。如此這般，就不可能鏟除奴隸工產業存在的社會土壤，就不可能杜絕黑磚窯事件再次發生的可能性。當年胡適先生所呼籲和追求的「培養成一個有人味的文明社會」的目標，離中國這片土地依然遙矣遠矣。

自你被殘忍地殺害了之後，有關立法機關出臺了一些新的法律，譬如山西省人大常委會通過的《山西省農民工權益保護條例》，譬如全國人大通過的《勞動合同法》，這些新出爐的法律試圖從立法層面「保護農民工的權益」，這些均是相較從前稍有進步、但仍存在重大缺陷的法律法規，學者們對其批評建議聲接連不斷。譬如《刑法》中對奴役他人的行為缺乏規制，為此中華全國律師協會下屬的憲法與人權專業委員會，向全國人大提出關於刑法增設奴役罪的建議，但律協的上書宛若石沈大海，沒有得到最高立法當局的回應。

雖然二〇〇七年夏海內外輿論對黑磚窯奴工事件的聲討滔滔滾滾，但黑磚窯現象在暫時熄滅了一段時間之後，數年後竟然在中華大地上重又死灰復燃。在你死後的這幾年來，媒體不時傳出對一些地方的黑磚窯的曝光報導：二〇〇八年廣東東莞黑工廠奴工事件，二〇〇九年安徽界首市黑磚窯智障奴工事件，二〇〇九年山東榮成市黑磚窯奴工事件，二〇一〇年新疆托克遜縣黑化工廠智障奴工事件，二〇一一年廣東惠州市黑磚窯奴工事件，二〇一一年四川渠縣智障奴工事件，並向全國各地販賣乞丐、精神病患者和智障奴工，二〇一〇年湖北武漢黑磚窯智障奴工和童工事件，其中一名智障奴工被電棍電擊死亡……

在這片苦難深重的土地上，這些不幸的底層民眾尤其是智障者和少年人，被擄到層層圍困的深牢，而日夜窘迫受苦，淒涼無助。與你的遭遇類似，他們終日被逼迫著低頭勞作，他們終日被灰塵和恐懼蒙蔽，他們終日受到惡人的轄制，他們住在汙穢的幽暗之處，他們有家歸不得，他們的日子毫無指望。身為弱者，他們本該得到社會的格外照顧，卻被四周普覆的冷漠拋棄。作為公民，他們本是這片土地上的自由人，卻淪為戴枷負軛的苦囚。倘若不建立中國社會反對奴役的長效機制，不糾偏經濟發展的思路和路徑，不開展一場民族的道德重建運動，不循理政府與民眾的關係，就算再有驚悚的奴隸工慘劇曝光，就算再出臺新的法律法規，也難以避免奴隸工罪孽事件的再次發生。一個又一個罔顧人道的奴役場所還將會出現，一群又一群最可憐的弱者還將會被囚困於黑暗之中受盡煎熬。

轉眼間，你離開人間已有四年多了。在你被埋葬的那片黃土高坡，總有灼人的陽光照曬，還有漫山遍野的黏土漂浮，而你已經成灰，成土。此刻我在家中佇立默想，面向萬里之外那座沈寂的山崗祭拜，心頭泛起的，是悲涼，卻也有些許欣慰——而今你終獲自由了。

儘管這是一塊貧瘠的土地，儘管這是一片寂寥的曠野，可這裏畢竟沒有奴役和壓榨，沒有禁錮和虐待，只有那自由自在的黃土，還有不斷襲來的山風，彷彿在訴說著你一生的悲苦經歷。那如泣如訴的風聲中，有同情，還有關愛。

寫於二〇一一年八月二日至八月十四日

那個死於飢餓的三歲女孩

——祭四川成都女童李思怡

你們要紀念被捆綁的人、好像與他們同受捆綁；也要紀念遭苦害的人、想到自己也在肉皮帶的水用盡了，夏甲就把孩子撇在小樹底下。自己走開約有一箭之遠，相對而坐，說：「我不忍見孩子死。」就相對而坐，放聲大哭。

錫安的城牆啊，願你流淚如河，晝夜不息，願你眼中的瞳人流淚不止。夜間，每逢交更的時候要起來呼喊，在主面前傾心如水。你的孩童在各市口上受餓發昏，你要為他們的性命向主舉手禱告。

——《創世紀、耶利米哀歌》

1

「一個孩子，才三歲，竟活活餓死家中。她的母親被警方強制戒毒，強制她戒毒的民警拒絕了她回家安頓孩子的請求，民警隨後把這個關在家中的孩子忘在腦後。

一次死亡事故的情況調查很簡單，可是一個生命的消失，一個鮮活的生動的可愛的孩子，她掙扎、絕望、號哭，如此痛苦，這死亡又怎能簡簡單單！

悲劇之後，醜惡已一一揭開。願三歲的李思怡，她小小的靈魂得以安息，願無數善良人的熱淚能催化文明前進——哪怕小小一步。」

上述這幾行文字，出自二〇〇三年七月二日的江蘇南京《周末》報，標題為「成都悲劇」。看到這幾段話，我想，許多的國人都會回憶起九年前一起震動全國的事件——成都三歲幼女李思怡餓死慘案。

這篇報導被我收藏已有好多年了，數次搬家都不曾丟掉，一直放在我最重要的一疊資料裏。這張報紙，是當年一個同事去南京出差帶回來給我的。下班後回到家展開閱讀，在那個酷暑的夜晚我邊讀邊哭，感到心涼透了，就那樣一個人在房間裏向隅而泣。內心深處湧出的悲涼和絕望，深入骨髓。

接下來的日子，我又陸續在其他的報刊上讀到事件的後續報導，聽到同事們對這起事件的談論。回到家後拿出稿紙，平日每晚都能寫點東西的我卻不能下筆，也不忍下筆，每一想及，便淚眼模糊，紙上一片空白。坐在寂靜中的我，多少次彷彿看到一個瘦弱的小女孩正踮著腳，站在她臥室窗戶的鐵欄杆前，一雙童真的眼睛巴巴地望著我，在向我苦苦求援。那雙童真的眼神裏，有著急切的哀告、掙扎、乞求、期冀。

說起來，當時的我從事法律職業也已有些時日了，親自接觸或耳聞目睹的各種各樣可怖的案件也不算少，與此同時，多年來對底層社會及困境人群的研究，也使我得以從一個獨立研究者的角度覽讀、研析過許多底層民眾淒慘的人生遭遇，及各樣類型的非正常死亡事件。但獲悉這個成都三歲女童死亡過程的來龍去脈，還是讓我膽戰心驚，繼而渾身冷顫。不是因為害怕面對死亡，而是因為害怕面對這種最極端、最殘忍的死亡——孩子之死。它讓我有種末日將至的感覺。

今天，我再次取出這起當年震動一時的慘案的一些資料，心中的悲憤尤甚於當年。窗外是枝繁葉茂的幾株參天古樹，枝葉隨風輕輕搖曳，發出沙沙的響聲，像是在低空迅捷穿行的燕子發出的輕軟呢喃。我卻似乎從中聽到了低緩的啜泣，斷續的啼哭，同時又想起了那雙苦苦求援的童真的眼睛。

此刻，在悲悼這個弱小生命無助而悲慘的死亡時，腦海中閃過的，是《楚辭》〈招魂〉篇末那淒婉的詞句：

湛湛江水兮，上有楓。目極千里兮，傷心悲。魂兮歸來，哀江南。

孩子，魂兮歸來！那一年的你沒有過完夏天，流乾了眼淚孤單地死去了。今年這個夏日，就讓我以這篇祭文的形式為你拭淚，與你相伴。

2

你是一個身世可憐的孩子。上個世紀最後一年的十二月下旬，你出生於四川成都的一個單親家庭。你的母親李桂芳，在懷你之前命運不濟，先是遇人不淑，丈夫犯了命案被判重刑，倆人因此而離婚。後來，自己又丟掉了工作，自此走上了自暴自棄、常年在社會上閒蕩的生活道路。

更可怕的是，再後來她染上了毒癮，吸光了錢財後又「以販養毒」來維生。因此，她多次進出派出所的大門、被勞教、判處緩刑並且強制戒毒。

你生來沒有父親，出生時沒有出生證，生下來沒有戶口，是一個名副其實的「黑戶」嬰兒，亦即在法律層面，這座城市乃至這個國家沒有你的一席之地。因為母親的緣故，親戚、鄰居均不願領養你，國家開辦的兒童福利院也拒絕收養你，造成你既沒有完整的家庭、沒有合格的監護人，又沒有他人或機構願意認養和接受的境遇。——也許，你的出生就是一場悲劇。

你是一個苦命的孩子。你們母女倆居住在成都市青白江區一幢職工宿舍小區的一戶三居室裏，這是攀鋼集團下屬的成都鋼鐵廠的職工宿舍區。這是你外公的房子，當地人習慣地稱這個小區為成鋼九仟片區。這個小區當時還施行著「單位辦社會」的模式，也就是，由成鋼廠負責社區的管理職能，各個片區設立家委會（相當於居民委員會）。

成都鋼鐵廠，是你母親以前的工作單位，和你外公工作了一輩子的單位。你的三舅李軍德，也是成鋼廠機修車間的一名工人。你的母親在家裏是么女，上有兩個姐姐，一個哥哥。

看到你母親生活無著，年近九旬的外公李茂林接納了她，你母親離婚後便一直住在父親這裏。曾是成都鋼鐵廠機修車間木工的李茂林，退休後每個月的退休金扣除水電費和煤氣費後，能領到手的僅有區區五百元出頭。在你出生之後，一家祖孫三口就靠外公這點微薄的五百多元退休金過活，日子過得拮据而又艱難。

可就連這點微薄的收入，還會經常被李桂芳挪用買毒品，這讓你外公常常氣得直哆嗦。因為長期的營養不良，幼小的你體弱多病，小小的身子骨羸瘦得像個豆芽菜。

二〇〇二年上半年，九十二歲高齡的外公撒手而去，你們母女倆頓時失去唯一的生活來源，一下子陷入更加窘迫、更加艱難的境地。沒有工作、長期吸毒、且處於緩刑考驗期的母親，成了你唯一的依靠。而她，除了親友鄰居的零星接濟，比如你二姨偶爾給個十塊二十塊錢，沒有什麼合法收入，偶爾的一丁點收入來自於偷竊、販毒、變相賣淫之類的非法行為。

為了活命，以及給孩子補充營養，李桂芳經常到超市或雜貨鋪偷麵包、豆奶、T恤衫之類的東西，被抓住了就當場哭著求饒，人們看她可憐，常罵她一頓也就算了。這種生活狀況，使得尚處於幼齡的你，一直過著有一頓沒一頓的飢餓日子。

你常常挨餓。每次當母親外出想辦法「找錢」的時候，她就會將你反鎖在家裏。每當這個時候，年幼的你就只好一個人孤獨地待在家裏，眼巴巴地盼著媽媽回來，等著媽媽帶吃的東西回來，等不到就忍飢挨餓。有時候餓極了，你就站到北臥室的窗前，隔著鐵欄杆往外張望，向過往的鄰居或路人討要吃的，或連聲喊「我餓」。

聽到的鄰居或過路人看你可憐，就會送給你一塊饅頭，或是給你買個麵包什麼的，你接過來便就著涼水吃下去。你就這樣過著度日如年、忍飢挨餓的生活，常常餓得頭皮發昏，小小的肚子咕咕叫。

你從小就生活在孤獨當中，總是孤零零的一個人，沒有什麼玩伴。你的母親是整個小區最受人排斥和鄙視的人。九仟片區內的住戶都害怕接近這個吸毒者，還認為「她的朋友都是些亂七八糟的人，她只與這些社會渣滓來往」，因此沒有人願意和她來往，鄰居們也不讓自己的孩子和你在一起玩。你的母親也有自知之明，從不和鄰居、小區的其他住戶來往，也不帶你到小區的公共場所去玩。你不但沒有夥伴，也沒有什麼玩具，只有一個破舊的絨毛熊，你會常常在夜裏睡覺時將它摟在懷裏。

你們母女二人組成的這個小小的家，籠罩著一股強烈的社會排斥感，和一種孤立無援的疏離感，就像是小區中的一座「孤島」。

3

在這個人口密集、語笑喧嘩的小區，幼小的你卻常常落入無人看顧、無人照料的境地。你那沒有正當職業、長期吸毒的母親，並不具備撫育和監護孩子的能力，長年處於違法犯罪的邊緣，時不時就會被抓進去，讓自己和女兒一直處於生存的危機之中。

但是，你母親又說自己很愛你，捨不得將你送人。當地警方曾提議讓你的二姨、離你家很近的李德芳一家收養你，可二姨因為害怕妹妹經常騷擾而沒有同意。有一陣子你母親處境不好，曾將你送給本小區三幢的一戶居民家，但後來對方不堪你母親的糾纏不休，又把你送回來了。此外，九仟片區的家委會曾建議將你送給一家兒童福利院，但這家兒童福利院拒絕了，他們說只接收孤兒，你並不符合他們的收養條件。

你從來沒有照過相，在這個世界上沒有留下一張相片。鄰居們都說，小思怡有張圓圓的臉，大大的眼睛，頭上紮著兩個羊角辮子，很會講話，招人疼愛。

鄰居們還說，小思怡「嘴甜」，你母親也說自己的女兒「很乖，很聰明，嘴很甜，見到人，不管認識不認識她都喊。」當母親外出，只留下你一個人在家餓肚子的時候，你就會經常地站在臥室窗前，隔著鐵欄杆向外張望，見到有人經過就打招呼討要食物，見到男的就喊「叔叔、爺爺」，見到女的就喊「阿姨、奶奶」。——也許，如果不是因為你「嘴甜」，肯主動開口向他人乞食，恐怕早就餓死了。

在你短短的一生中，歡樂太少，痛苦太多。歡聚太少，孤獨太多。吃飽肚子的時候也太少，而餓肚子的時候太多。幼小的、苦命的你早已學會了不哭不鬧，總是不聲不響地待在房間裏，沒有小夥伴，也沒有其他的玩具。當媽媽白天外出「找錢」的時候，你就會被反鎖在家裏獨自一個人待著。

每當夜幕降臨的時候，陪伴你的只有無邊的黑暗。因為你們家拖欠電費，電力公司早就停止向你們家供電了。許多個夜晚，你就這樣經常或站在窗前或趴在窗口，滿懷期待地等著媽媽回家，等著媽媽帶回來吃的東西。——那扇窗戶承載著你全部的希望。

可是在一個晴朗的日子，媽媽卻沒有回來。那晚的你，在黑暗中待久了，也累了，最後在飢餓、乾渴、孤獨和恐懼中入睡了。

可是到了第二天，第三天，一直到最後，對你而言時間彷彿凝固了。——媽媽始終都沒有回來。

4

那一天，是二〇〇三年六月四日。端午節。

那天，兩個朋友邀請你們母女倆一起吃午餐，這是你生前最後一頓飯。飯桌上，三個大人商量著飯後去成都的下轄縣、位於成都市區東北部的金堂縣「找些錢」。

午餐過後，母親先將你送回家。那幾天你正在生病，當日上午還到醫院打過點滴，回家後往床上一躺就睡著了。見你睡著了，母親用一條綠色的毛線繩拴住主臥室的門，然後反鎖上房門就出門了。此時，是下午一點左右。

隨後，離開家門的李桂芳與這兩個朋友一起叫了一輛出租車去金堂縣。到了金堂縣，三人分手，李桂芳去當地一家超市。她在超市架上偷了兩瓶洗髮水，被超市的售貨員發現並報告保安，守候在超市出口處的保安抓住了李桂芳，隨即打電話報警。

接到報警後，成都市金堂縣公安局城郊派出所派員出警，派出所的值班民警黃小兵趕到超市，將李桂芳抓到派出所。

在派出所，民警黃小兵對李桂芳進行辦案訊問，並對李桂芳尿檢，尿檢結果呈陽性，確認是吸食毒品。

在第一份訊問筆錄中，李桂芳向民警黃小兵反映家中有一個三歲的女兒，無人照看，請求幫助聯繫離自己家不遠的二姐，交由她照顧，或讓自己先回家安頓好孩子，然後再由警方處理。對此，黃小兵表示自己不能作主，此事要請示所長。

隨後，民警黃小兵向派出所副所長王新匯報了李桂芳的尿檢結果，請示是否對其實施強制隔離戒毒，與此同時，黃向王新匯報了李桂芳家裏還有一個無人看管的三歲女孩的情況。副所長王新批准了對李桂芳實施強制戒毒，但就三歲女孩無人照看的事不置可否。此時，是下午五點左右。

期間，值班民警黃小兵與負責九仟片區戶籍和治安管理的基層公安機構——成都市青白江區團結村派出所進行電話聯繫，並核實李桂芳的家庭情況。接聽電話的，是在團結村派出所實習的成都市警察學校在校學生穆羽，這是團結村派出所接到的與此案有關的第一個電話。

在派出所副所長王新加入訊問李桂芳的時候，李桂芳再次提出，自己有一個三歲的女兒獨自留在家裏，要求在去戒毒所之前先回家安頓好孩子，但是王新仍然沒有理會她。

接著，副所長王新又請示了金堂縣公安局的當日值班領導、縣公安局政委吳仕見。在請示報告中，王新寫明了李桂芳家裏「有一個無人照顧的三歲小孩」，但吳仕見仍然批准了強制戒毒的請示。

至此，對李桂芳實施強制隔離戒毒的法律手續齊備了。但是，金堂縣公安局對李桂芳家中獨留的三歲幼女，沒有做出任何安排。

晚上十點左右，城郊派出所出動兩輛警車，負責押送李桂芳和另一名劉姓吸毒人員去成都市公安局強制隔離戒毒所。李桂芳坐在第一輛警車上，由副所長王新駕駛，坐在副駕駛位置的是派出所另一位副所長盧曉輝，與李桂芳一同坐在後排的，是一位姓唐的協管員。第二輛警車載著劉姓吸毒人員，由民警黃小兵駕駛。

臨上車時，李桂芳拉住車門不肯上車，請求先解決女兒的事，見沒人理會，她就跪下來苦苦哀求在場的幾名警員讓她先回家安頓好孩子，但她的跪求沒有得到允許。

上車後，李桂芳仍不停地對副所長王新嘮叨家裏有一個小孩，請求警車路過青白江時讓她回一趟家，把孩子安頓好了再跟他們走。她還請求王新給她二姐打個電話，請自己的二姐幫忙照顧一下孩子。但是，儘管李桂芳不斷重複她的請求，不斷哭著哀求，就是沒有人理睬。

警車從金堂縣城出發，到位於成都市區西北郊郫縣的成都市公安局強制隔離戒毒所，毗鄰金堂縣的成都市青白江區是必經之路。常來往於此的李桂芳對這條路很熟，當她發現警車已經過了青白江區時，頓時感到絕望——看情形警員是不打算處理自己孩子的事情了，李桂芳開始用頭猛烈地連續撞車門，作勢自殺。

見此情形，副所長王新這才有了反應，同意給打電話。李桂芳告訴王新她二姐家的電話號碼，王新便讓副所長盧曉輝給李桂芳二姐打電話，盧曉輝打通了電話，但是沒人接。盧曉輝接著撥通團結村派出所的值班電話，接電話的又是穆羽。此時是晚上十點半左右。

在電話中副所長盧曉輝告知穆羽，說我們派出所將你們轄區的居民李桂芳強制戒毒了，她有個小孩在家裏，麻煩你們通知她姐姐去安排一下，穆羽回答說知道了。在這一過程中，團結村派出所數次接到城郊派出所打來的電話，他們因此得知自己轄區內居民李桂芳已被強制戒毒的事，也清楚李桂芳家裏的情況，即她家中有一個無人照看的三歲女孩，並且團結村派出所距離李桂芳二姐家不足兩百米，距離李桂芳家也僅僅一個街區。但是，團結村派出所什麼也沒有做。

當城郊派出所的幾名警員在戒毒所辦理完李桂芳戒毒案相關法律手續的時候，已是六月四日深夜、六月五日凌晨了。

在交接過程中，李桂芳仍不放心，反覆強調自己家中有個無人照看的三歲女兒。在副所長王新離開戒毒所之前，李桂芳再次請求王新落實女兒的事情。王新答覆說已經告知團結村派出所了，王新還對李桂芳說，你可以向戒毒所的管教幹部說這件事。此時大約是六月五日凌晨一點左右。

隨後，副所長王新等數名警員返回金堂縣，當警車再次路過青白江區時，同樣沒有停車下來處理李桂芳家中三歲孩子的事。

對於本案，城郊派出所另一件嚴重失職的是：根據法律規定，辦案民警應在三日之內，將《強制戒毒通知書》送達李桂芳的家屬、所在單位和居住地派出所。但是，城郊派出所以及辦案民警黃小兵，並沒有依法送達這三份通知書。

可以設想一下，如果依法送達了通知書，李桂芳家中的三歲女兒就會被解救出來，從而得以活下來，避免慘劇的發生。但是事發之後，人們發現，這三份通知書還躺在民警黃小兵辦公桌的抽屜裏。

於是，從六月五日上午李桂芳入戒毒所直到六月二十一日傍晚，無論是金堂縣城郊派出所，還是青白江區團結村派出所，都無人過問一個三歲幼女被單獨關在家裏的事。

被送進戒毒所的李桂芳心中一直忐忑不安。事後李桂芳在接受《新聞周刊》記者的採訪時說，儘管派出所的副所長王新做了保證，但她還是為女兒擔心。所以進戒毒所的第二天，她又向室長報告，說自己有一個三歲的女兒獨自留在家裏，要求給姐姐打個電話，向姐姐說一說孩子的事情。室長向管教幹部作了匯報，但是戒毒所沒有讓她打這個電話。

在接受新華社四川分社的記者來到戒毒所的採訪時，李桂芳對記者說，在戒毒所裏她給姐姐打過一次電話，但沒有打通。李桂芳解釋，戒毒所允許戒毒人員三天打一次電話，由管教幹部安排時間，只能在晚上打，而她姐姐習慣晚上出去玩，所以電話沒有打通。當記者追問她為什麼只打這麼一次的時候，李桂芳回答：「王所長答應的好，他保證了的，所以我認為他肯定會給辦的。」

就這樣，從六月四日中午母親離家，到六月二十一日傍晚被人發現已經餓死在家，整整十七天的日子，一個三歲的幼齡女童，就這樣一個人被反鎖在家裏，在飢餓、乾渴、黑暗、無助和恐懼中度過，直至活活地餓死，淒涼地死去了。

5

整整十七天！這個世界一如既往地運轉著，沒有任何人關注過這個在飢餓中苦苦掙扎的三歲女童。

在一個像蓋緊的盒子一樣封閉的房間裏，對於這個小生命來說，時間彷彿停滯了，沒有食物，沒有飲水，沒有燈光，沒有成年人的妥善照顧，只有漫無邊際的飢餓、乾渴、黑暗、孤寂和深深的無助、恐懼。

這起幼齡女童被困家裏活活餓死的慘劇經媒體披露之後，輿論為之譁然，直指這起事件是「人間慘劇」、「世紀黑暗」，同時討論並反思造成慘案的各種因素和制度性原因，其中首要指向的就是公安機關的冷漠和失職瀆職。極其簡單的案情，使得任何人都能獨立地做出分析判斷：警方的失職瀆職是造成慘劇的最直接原因。

並且令人氣結的是，這樣的失職瀆職又是那麼地容易避免，在女童的母親李桂芳被抓後，從派出所到押送警車再到戒毒所，這個被抓的母親曾多次苦苦地哀求警方，甚至哭著哀求、跪下來哀求，請求去救援被關在屋裏無人照看的三歲女兒，但均遭到侮慢的拒絕。

在整個過程中，倘若城郊派出所、團結村派出所或戒毒所的警員多打一個電話，倘若城郊派出所的警車在兩次途經李桂芳家時停一次車，倘若曾接到數個電話的團結村派出所的警員肯走一百米路，倘若兩家公安分局和派出所能派人上門探視一次，倘若兩家派出所的警員盡心盡力聯繫上女童的親戚，倘若對李桂芳的強制戒毒通知書能夠依法送達，而不是一直躺在抽屜裏……哪怕警方做出過一次這樣的舉手之勞，就可以避免慘劇的發生，就可以挽救一條無辜的小生命。

但是，上述的這些「倘若」一次也沒有發生，一次也沒有！

於是，當這起慘劇被推上輿論的風口浪尖，成都警方遂成了眾口交詈，成了公眾大張撻伐的對象，由此引發了一場警方內部的「問責風暴」。多名警員在行政責任範圍內被「問責」，並有兩名警員被推上了法庭的被告席，指控罪名是「玩忽職守罪」，同時，中國社會這些年來警權不斷膨脹的問題也被提了出來。

但正如美國民權運動領袖馬丁・路德・金在他那篇著名的演講〈我有一個夢〉中所說的：「我們現在並不滿足，將來也不會滿足，除非平等瀉如飛瀑，除非正義湧如湍流。」事件的後續處理讓許多人並不滿意，時至今日仍耿耿於懷。人們進一步的要求是，問責，不應僅局限於女童最後十七天的無人理會，而應是她整個人生在世的三年。

可以很有把握的說，了解女童生前生存狀況之後，任何一個擁有正常思維的人，都會發出一系列的質疑：女童的母親沒有工作及合法生活來源，也根本不具備監護能力，造成女童時常被關在家裏，時常站在臥室窗口隔著欄杆向外乞討，也即在合法的情勢下，她們母女倆唯有死路一條。那麼，對於這個長期處於困境之中的兒童，依法對其負有監護和保護責任的個人、單位、政府部門和有關團體，在這三年中都做了些什麼？有誰，對她的生活無著、她的困難處境負起了應盡的責任？

為什麼，目睹這個缺乏合格監護人的幼齡女童長期地生活難以為繼，長年地嗷嗷待哺，有關單位和部門卻無動於衷，不主動作為，而任其自生自滅，以致一步步走向死亡？他們應對女童之死承擔什麼樣的責任？

一言以蔽之，應該站在被告席上的，難道僅僅只是那兩名警員嗎？或者更直白地說，就像《新聞周刊》雜誌發出的那聲沈重詰問——「到底是誰『殺死』了小思怡？」

答案，並不難得出。縱觀小思怡的短短一生，任何人都可以得出一個結論，那就是，她的所有苦難全都不是來自於「天災」，而是來自於「人禍」。既然是人為產生的禍害，我想，不論慘劇過去了多少年，我們都不應該悶聲不響，而應該找到那個「人禍」的來源——亦即責任者和責任機構，乃至於其背後不合理的制度因素。

現在，就讓我們查閱具體的法律條文，依託現代的法律精神來順藤摸瓜吧。

首先要指出的是，女童母女倆的近親屬、關係密切的其他親屬、朋友和鄰居（除了承擔了部分撫育責任、但力不從心的外公李茂林外），在法律層面乃至道義上負有扶助女童的責任。面對這個嬰幼兒長年生活無著，長期處於生存困境之中，他們實有施以援手、解救其困厄的責任，比如李桂芳的三個同胞兄弟姊妹，又比如與李桂芳來往密切的其他親友。

其次，根據《民法通則》關於未成年人的監護人的規定，在未成年人的父母沒有監護能力、且沒有合格的監護人的情況下，由未成年人的父母所在單位、或者住所地的居委會、或者民政部門擔任監護人。根據這一規定，在女童的母親根本不具備監護能力、也沒有其他監護人的情況下，並且這位母親還是一個吸毒者和緩刑犯，依法應當擔任女童監護人的是：成都鋼鐵廠、成都市青白江區九仟片區家委會（後為社區居委會）、成都市青白江區華嚴鎮民政局。但是，這三家單位均背棄了自己的監護人身分，無一承擔起對女童的監護責任，從而造成一個嬰幼兒缺乏合格監護人的窘境。無疑這三家單位難辭其咎。

再從最低生活保障的角度來看，《城市居民最低生活保障條例》規定：「凡共同生活的家庭成員人均收入低於當地城市居民最低生活保障標準的，均有從當地人民政府獲得基本生活物資幫助的權利。城市居民最低生活保障標準，按照當地維持城市居民基本生活所必需的衣、食、住費用，並適當考慮水電燃煤（燃氣）費用以及未成年人的義務教育費用確定。」

依此規定，小思怡母女倆組成的這個小家庭，其收入狀況遠遠低於低保標準，甚至可以說她們母女倆處於赤貧狀況。可是在完全知情的情況下，九仟片區家委會、成都鋼鐵廠的社管科（負責低保工作的科室）卻以母親吸毒為由，拒絕給予母女二人低保待遇，使得母女倆從未領取過一分錢的低保金。在得不到政府本應實施的社會保障救濟的情況下，沒有一份低保金的小思怡，長年處於忍飢挨餓的狀態，小小年紀就被迫常向外人乞討食物。對此，這兩家單位以及具體負責低保事宜的工作人員，亦責咎難逃。

此外，在為困境兒童提供收養、養護服務的領域，對照《收養法》、《中國行業標準兒童社會福利機構基本規範》等法律法規的規定，小思怡作為生母有特殊困難無力撫養的兒童、生活無著的兒童，符合由國家開辦的兒童社會福利事業單位——地方兒童福利院——收養的條件。

但是，當有人向位於成都市郫縣犀浦鎮的成都市兒童福利院反映小思怡的情況，當家委會詢問成都市兒童福利院可否收養小思怡的時候，這家兒童福利院以該女童有母親為由拒絕收養，將小思怡拒之門外，造成小思怡得不到國家為困難兒童提供的收養服務。對此，該兒童福利院實應反躬自責。

最後，讓我們來看看保護兒童權益的綜合性法律——《未成年人保護法》——中的法律條文。其中的第三條：「未成年人享有生存權、發展權、受保護權、參與權等權利，國家根據未成年人身心發展特點給予特殊、優先保護，保障未成年人的合法權益不受侵犯。」第四十三條：「對孤兒、無法查明其父母或者其他監護人的以及其他生活無著的未成年人，由民政部門設立的兒童福利機構收留撫養。」第六條：「保護未成年人，是國家機關、武裝力量、政黨、社會團體、企業事業組織、城鄉基層群眾性自治組織、未成年人的監護人和其他成年公民的共同責任。中央和地方各級國家機關應當在各自的職責範圍內做好未成年人保護工作。共產主義青年團、婦女聯合會、工會、青年聯合會、學生聯合會、少年先鋒隊以及其他有關社會團體，協助各級人民政府做好未成年人保護工作，維護未成年人的合法權益。」

白紙黑字的條文，顯示出對未成年人權利保護的明確界定、兒童福利機構的職責，以及對未成年人保護工作的具體機構、各機構的職責範圍。依據這一法律，小思怡絕非處於法律保護的「真空地帶」，而是有著明確的提供保護的機構：除了近親屬、關系密切的親友和鄰居之外，還包括政府機關（民政部門、負責低保工作的機構等）、公益機構（兒童福利院、救助站等）、社區組織（家委會、負有社區管理職能的國有企業等）、有關權益保護組織（共青團、婦聯、工會等）。

然而，在長達三年多的時間裏，這些肩負保護兒童權利之職責的組織機構，面對一個亟待扶助和保護的嬰幼兒，它們究竟都在做了些什麼？根據我手頭掌握的資料，固然不能以偏概全，但或可窺見一斑：比如女童的某些親戚、鄰居整日靠打麻將打發時光；比如成都民政部門某些公務員上班時間玩電腦遊戲，被行政處分；又比如成都市兒童福利院院長鄧曉莉貪汙公款被查處，其中包括用於兒童福利事業的福利善款，於二〇〇三年十一月被成都市中級法院判處有期徒刑十五年。

查閱法律至此，小思怡，這個單親兒童，這個乞食兒童，這個生活無著的兒童，這個沒有合格監護人的兒童，這個無法解決基本溫飽的兒童，誰應擔負起對她的監護、救助與保護的責任已經一清二楚了。以任何的藉口推卸責任，或是用一句「經濟社會發展不平衡」之類的託辭，是搪塞不過去的。論法律，並不是沒有，在二十一世紀初的中國，官方宣稱「在保護特殊群體權益方面，已形成了較為完備的法律制度」，上述列舉的這些保護困難兒童的法律，業已施行多年；論資金，也並不匱乏，二〇〇三年的中國，官方宣布「全國財政收入保持高增長」，政府擁有「殷實的財政」，數年後的中國政府成為全球最富裕的政府，就在二

○○三年度，中央財政和地方財政投入的低保經費高達一百五十一億元；論機構，更是不缺乏，對困難兒童負有善盡保護責任的機構林林總總，像民政部門、兒童福利院、居委會、救助站、慈善組織、公益性的社會團體等等，甚至共青團組織設有少年部，婦聯組織設有兒童部，民政部設有兒童福利處，衛生部設有婦幼保健司，等等。

然而，當一個困難女童需要這些法律落實到行動，需要這些資金的扶助，需要這些機構組織負起責任的時候，它們在長達三年多的時間裏通通失靈了！面對一個嗷嗷待哺、身無寸縷的幼童，面對一個幼童的貧弱無依、窘迫境遇，面對一個女童的忍飢挨餓、瀕臨死亡，它們全都蒙上了眼睛，捂上了耳朵，而耶耶乎漠然置之、置身事外了。

由此揭櫫出來的，是制度性的冷漠和對生命的制度性的輕慢。作為這個社會上最弱的弱者，最窮的窮人，最需要扶助的弱小者，這個幼齡女童短短一生所面對的，是制度散發出來的冷漠和麻木、輕視和怠慢，正如學者任不寐一針見血地指出——「是國家及其精神殺害了她。」

我想說的是，應當為女童之死負責的，除了上述這些具體的機構組織和個人以外，還有一個漠視生命價值的龐大而權威的制度體系。這樣的制度體系生發出來的，是一種缺乏對「人」的尊重、對「生命」的憐憫的體制氛圍和人文環境。它讓一個溫熱的小生命，遭遇的是冷眼相待；它回應一副受苦的小身軀的熱切盼望的，是冷眼靜看。它對於這個羸弱的幼齡女童來說不啻地獄，又像是一個不會眨眼的冷血動物，眼睜睜地看著一個無助的小生命在死亡線上掙扎，直至死於非命，最終變成了一具小小的屍體。

6

災禍，對於成年人來說有時反倒不無裨益，它可以磨煉人的意志抑或增進對人生的體悟，但對於幼兒來說就又作別論了。當災禍來臨，他（她）們羸弱的身子常常挺不住，他（她）們尚未成熟的心志也承受不了，因而在與災禍抗衡的過程中只能束手待斃，乃致不支倒下。

正因為此，文明人類無不將對嬰幼兒的保護放在至高的位置，要求成年社會對這一幼小群體無時無刻地加以監護、扶助、照顧。此外，成年人還可以通過語言、文字或其他方式留下對災禍的見證，而幼兒卻沒有能力述說或者記錄下自己的受難經歷，比如三歲的成都女童李思怡，除了她的屍骸，她沒有給這個世界留下片紙隻字，她承受的苦難只能存在於我們的想像力之中，存在於我們痛苦的記憶之中。是故，我們的記憶是對她苦難經歷唯一的記載和見證，也是對她承受的苦難唯一的安慰。

因此，我們必須將記憶妥善保存，而拒絕將這場聞者淒絕的悲慘事件遺忘，否則內疚和不安將會長久地伴隨著我們的心靈。

與此同時我們的記憶，也是為了讓受難者的苦難有一個抒發的渠道，或可在一定程度上讓逝者堪以告慰。正如二十世紀的德國社會學家阿多諾所說的，「讓苦難有出聲的機會，是一切真理的條件。」

現在，就讓我們打開記憶的閘門，回顧九年前中國西南一個都市的一座小區內發生的淒慘一幕，回望一個受難的小生命。

那是二〇〇三年的六月，當時的中國還沒有完全走出非典疫情事件的陰霾。一幕目不忍視的人間悲劇，在四川成都上演了。

那是六月二十一日，地處四川盆地的成都已進入炎熱的夏季了。這日傍晚，居住在成都市青白江區青江西路六十五號院一幢的住戶和平日一樣在小區裏散步、聊天、打麻將。連日來，他們時常聞到一股頗為奇怪的異味，甚至可說是臭味，這股難聞的、越來越強烈的異味讓他們感到噁心，於是他們開始去尋找異味的來源。

找了一段時間，他們終於發現了異味來源——六十五號院一幢三單元一樓東側的一個三居室住戶。在說話之間他們驀地想起，已有好久沒見到這裏的住戶——一對單身的母女倆了，遂立即去家委會向主任反映情況。家委會主任匆忙趕到現場，看了一會，覺得情況不對，就立即打電話報警。此時，是六月二十一日傍晚七點四十五分。

接到報警後，負責這個小區治安和戶籍管理的青白江區公安分局團結村派出所的民警立即趕到現場。因為李家房門鎖著，警員便翻爬陽臺進入李家，他們先打開陽臺門進入廚房，然後從廚房進入客廳。

在客廳中，警員發現主臥室的鎖把被綠色的絨毛線繩拴著，就先解開線繩，然後試著推主臥室的門，感到有點阻力，就繼續用力推門。當房門被推開一半，警員們驚訝得張大了眼睛才赫然發現：門後竟是一具幼女的屍體！

這具幼女的屍體躺臥在門後的地上，頭朝東，腳朝西，上身穿著一件綴綠色圓點的白色背心，外套一件紅色短袖T恤，下身赤裸著，腳上未穿襪子和鞋。幼女的屍體已經高度腐爛，屍體上爬著許多蠅蛆，頭髮已大部分脫落，頭部和頸部已白骨化，只有四肢和軀幹的皮膚是完好的。

主臥室內有一張雙人床，一個櫃門開啟著的立式衣櫃，一張圓桌和一個木櫃，床與衣櫃之間的地面上是一些凌亂的衣物。室內南牆西端與院壩（作者註：房屋前後的平地）相連接的門虛掩著，院壩的圍牆內側無明顯的攀爬痕跡，房門和門鎖完好無損。（見成都市公安局青白

江區分局刑警大隊《現場勘查筆錄》、《關於李思怡死亡案現場情況的說明》）

當警員將這具小屍體擡出來的時候，鄰居們看到了這可怕的一幕。後來有人回憶說：「娃娃被布裹著，放在地上，水從布裹流出來」，一位阿婆回憶道：「娃兒死得好慘啊！」

讓我們來看看其後送檢的法醫學鑒定報告，其中的屍體外表檢查結果為：「頭髮已大部分脫落……屍體高度腐敗，腹部及四肢皮革樣化，頭面部、頸部及會陰部有大量蠅蛆附著，最大蠅蛆長一・六公分左右，面部及頸部大部分軟組織被蠅蛆啃噬，面顱、頭顱骨部分裸露。屍體全身檢驗未檢見明顯外傷及異常。」

屍體解剖檢驗則顯示：「未見頭皮下血腫，顳肌未見損傷及出血，顱骨無骨折。頸部大部分軟組織被蠅蛆啃噬，可見頸椎，舌骨及甲狀軟骨無骨折。胸腹腔解剖見心、肺、肝、腎等臟器組織自溶明顯，心臟表面及雙肺間隔未檢見出血點，胃完全排空，胃壁皺縮，各臟器未檢見明顯損傷及異常。」毒物分析鑒定的結果為：「提取胃、肝臟、腎臟作毒物化驗，結果未檢見常見毒物。」

根據這幾份法醫病理鑒定（俗稱屍體鑒定）的結果和警方的現場勘查筆錄，排除了死者李思怡因暴力打擊致死和因中毒致死的可能性，警方、檢察官和法官一致認定：死者李思怡死於飢渴。

請原諒我在這裏大段摘錄警方的現場勘察報告，和幾份法醫學病理鑒定的報告。我知道這些司法文書內容的專業、準確、嚴謹的敘述，會令讀者感到不安和難受，這也是我此刻的心情。但我還是要將之摘錄下來，以便以此為依據，來推斷、想像小思怡臨死前的狀態。我初讀這些警方記錄和法醫鑒定時眼眶一陣酸澀，因為這些文字透露出一個小生命臨死前求生的點滴線索。

我們現在無法通過第一手資料還原小思怡臨死前的景況，只能憑藉其他的後來資料忖度小思怡掙扎求生時的目光、動作和心情。現場勘查及法醫鑒定顯示，主臥室門後有一塊脫落的漆，死者右手指甲有不同程度的損傷，右腳嚴重紅腫，喉嚨紅腫。這表明，在那些日子裏小思怡一直在試圖打開門，拼命用手敲打門，用腳踢門，小手已經拍傷了，小腳已經踢腫了，嗓子已經喊啞了。

警方的現場勘察顯示，立式衣櫃被翻得十分凌亂，像是在找吃的東西；主臥室靠窗前擺放著一張小凳子，像是小思怡挪過來想打開窗戶向外呼喊或逃出去用的，但窗戶緊閉著，這扇窗戶非常嚴密，平常就連成年人要想打開也很難；地面及衣櫃裏的痕跡顯示，小思怡晚上曾躲在衣櫃裏，她顯然是受到了驚嚇，感到非常恐懼才躲進衣櫃裏藏起來，地面上散著一些衛生紙，屎尿被小心地放在裏面，顯示小思怡渴望在室內能活下來，盡量不弄臟地面。屍檢報告中「胃完全排空，胃壁皺縮，心、肺、肝、腎等臟器組織自溶明顯」，表明小思怡死時承受了巨大的痛苦。

種種證據顯示，小思怡臨死前的日子裏一直在求生，她一直在想方設法找吃的東西，試圖打開房門和窗戶，拼命地敲打房門想逃離房間，拼命地呼喊，向外求援，最後耗盡了小身體的全部能量，倒地而死。

種種證據還顯示，小思怡臨死前的身體可以說是極其痛苦，並且以一種緩慢的方式死去，死後漸漸地身體變得僵硬，變得腐爛發臭。

這是怎樣淒慘的場面、怎樣痛苦的煎熬啊？這是怎樣的十七個日日夜夜啊？這樣的場面、這樣的煎熬怎不令人驚悚、揪心、悲不自勝？刑偵專家認為，小女孩臨死前幾天一直在求生，並慢慢的死去，這種絕望的死比世上任何酷刑都要殘忍。

不難想像，這樣的絕望、這樣的痛苦煎熬有多麼的深入，像四面八方不斷逼近的烏雲般包圍著一個幼小的女孩。這不但是一種身體上的折磨，也是一種真正精神上的絕望無告。對於一個幼兒，沒有什麼比這更痛苦的了。

7

在追憶這起慘劇的日子裏，小思怡臨死前掙扎求生的身影，時常飄浮在我的腦海中，在我日常生活點點滴滴的思緒之中，有時清晰有時模糊。我彷彿看到在黑暗中，似乎有一張小小的臉龐，臉色那樣蒼白，一雙滿是恐懼的眼睛，眼神裏盛滿了那樣深的絕望，藏在衣櫃裏，躲在那衣櫃的門後——看我。

而我，想像著小思怡此刻的心情，只是一個勁地流淚，只是流淚。在淚眼模糊之中，想到了另一個女孩躲在一間密室裏寫出的日記。那日記本裏記錄的女孩心情，或可有助於我思忖小思怡的心情。

那是一篇記於一九四三年的日記。當時德國納粹占領了荷蘭，身為猶太人的女孩，躲進了其父親在阿姆斯特丹辦公室的一間密室，直至次年被人告發遭納粹逮捕，在女孩15歲時死於納粹的集中營。女孩的日記後來被她幸存的父親加以整理出版，書名是——《安妮日記》。

這本普通的猶太小女孩的日記，成為二戰中納粹德國迫害猶太人的見證。女孩的名字，叫安妮・法蘭克。那一年，她十四歲。

在一九四三年的十月二十九日，逃避納粹迫害而躲進密室的十四歲猶太女孩這麼寫道：「氣氛令人窒息、呆滯、沈重。外邊聽不見一聲鳥叫，整個屋子籠罩在一片死寂、壓迫的寂靜裏，這寂靜附在我身上，彷彿要把我往下拖，拖到陰間的最下層。這時候，父親、母親和瑪各對我完全無關緊要。我從一個房間徘徊到另一個房間，在樓梯裏上上下下，像一只本來會唱歌的鳥被剪去翅膀，不斷用身子撞那沈暗的籠子的鐵條。『放我出去，到有新鮮空氣和笑聲的地方去！』我心中有個聲音哭喊著。」

我知道，小思怡當時的心情，定然如同這個躲在密室裏的猶太女孩一樣，感到「氣氛令人窒息、呆滯、沈重」，感到「整個屋子籠罩在一片死寂、壓迫的寂靜裏」，感到「這寂靜附在我身上，彷彿要把我往下拖，拖到陰間的最下層」，也在心中一遍又一遍地哭喊著——「放我出去！」。

但是二〇〇三年的小思怡，比一九四三年的安妮還要小十一歲。三歲的小思怡還不會寫字，可能連自己的名字都不會寫，不會寫日記記錄自己的內心感受，不會以文字形式寫出自己苦難的經歷，從而無法給這個世界留下一個中國小女孩的第一手資料的苦難見證。

六天後，六月二十七日深夜，警方來人到成都市公安局強制隔離戒毒所，將小思怡的母親從戒毒所帶到火葬場，向自己女兒的遺體告別。在場的人員，全都是成都市金堂縣公安局城郊派出所和刑警大隊的警員。

當蓋著白布的女兒遺體出現在眼前時，李桂芳一下子嚎哭起來，哭著要撲上前去，想再仔細看看女兒最後一眼，想趴在女兒的遺體上放聲大哭，但被在場的幾名警員拉住了，警員不讓她細看，他們說，就是看了你也認不出來了。李桂芳只能遠遠地大概看了一下，不知道女兒最後的模樣。深夜時分，女兒的遺體火化。

三個月後，九月二十日，一個陰雨綿綿的秋日。地處四川西南的馬邊縣，縣城城郊附近先鋒村的一個山坡。李桂芳一身素衣，滿臉是淚地站在微雨中，手上捧著女兒的骨灰盒。前些天她在這裏購買了一塊墓地，這裏也埋葬著小思怡的外公外婆。這裏是一片玉米地，它將要增添一座小墳塋。這時緩緩流淌的小溪在嗚咽，飛掠山坡的鳥兒淒淒地悲鳴。

李桂芳先將玉米鏟掉了，接著一鍬一鍬地挖土，終於挖出了一個坑。然後，將女兒的小小骨灰盒緩緩放了進去，掩埋了。

8

一條鮮活的幼小生命，就這樣永遠地逝沒了。

一個活潑可愛的幼兒，一個天真爛漫的孩童，一個有著「圓圓的臉，大大的眼睛，紮著兩根羊角辮」的幼齡女孩，在那年的六月，獨自一人被關在室內一連十幾天，沒有食物吃，沒有水喝，就這樣活活地餓渴而死，無比淒慘地死去了。

在那個悶熱難耐的暑月，整整十多天的日子裏，幼小的你熬過了一個個飢腸轆轆的白天，熬過了一個個漆黑一團的夜晚。這十多天來，你怎麼也走不出那個小小的房間，只能孤單地枯困在房間裏，經受著飢餓和乾渴的折磨，承受著漫長的黑暗、孤寂、無助和恐懼的煎熬，以及夏日蚊蟲的叮咬。

你拼盡全力想打開房門，這是你唯一的生路。但是你的努力一次次地以失敗告終，只在房門上留下了一串細細的血跡，最後夭折於幼年，成為一具永遠的餓殍。

三歲的你，終是沒能打開門——這扇將你與整個成年世界隔離開的房門。你望著門外的成年世界漸漸地眼神黯淡，漸漸地心生絕望，最後在受盡煎熬中死去，並且死狀甚慘。一雙亮晶晶的眼睛，就此永遠地閉上了。

在這個寂寞冷清的房間，你無數次地踮起腳尖敲打著捶擊著房門，你一次次地大聲喊叫著媽媽，一次次地哭喊著向外面呼救，但是沒有任何人回應，沒有一個人。而目睹這全程的淒涼慘況的，只有屋內牆角那隻髒髒的絨毛熊，你臨死前唯一的玩具，你孤寂日子裏唯一的夥伴。

你聲嘶力竭的呼救聲和哭喊聲逐漸低落，你微弱的心跳逐漸減慢，你憔瘦的面容逐漸蒼白，你拼命拍打房門的小手越來越沒有力氣了，直至最終倒在臥室門後。小小的身軀再也沒能站起來，慢慢地，慢慢地死去。

小小的你幾乎是一無所有，死後也幾乎沒有留下任何遺物。臨死前你飽嚐了孤寂和黑暗的滋味，臨死時母親還被關在戒毒所裏，沒有任何親人守候在你身旁，趴在你小小的屍體上痛哭一場。

後來，當火葬場職員將蓋在你身上的白布掀起，在場警員攔阻了嚎哭的母親走上前去看你最後一眼。在這世上的最後一程——你仍然是孤獨的。

你死在一幢住滿了住戶的樓房裏，一個人聲鼎沸的社區小區裏，一個距離派出所僅有一百米的巷道裏。在這個人煙浩攘的城市裏陪伴你的只有孤獨，在這個燈火輝煌的都市裏陪伴你的只有黑暗，在這個倉廩豐殷的盛世裏陪伴你的只有飢餓。

你還沒來得及多看一眼窗外的陽光和夜晚的星空，就離開了這個讓你愛恨交織的世界。你像一株含苞欲放的花蕾，還沒來得及綻放，就凋謝了。你更像茫茫大海上的一葉小舟，飄搖在東方的漆黑的夜裏，還沒來得及抵達避風的港灣，就被迅猛的狂風惡浪打翻，捲走，葬身一個渺茫不可知的地方。

在你短暫而又不幸的一生中，你羸弱的小肩膀所承擔的苦難太重了。你短短的一生飽嚐了人間的辛酸苦痛，你的人生才剛剛開始就已經結束了。

目睹孩子之死——這一人世間最殘忍的死亡，我的耳畔一遍遍迴盪著一百年前魯迅那聲沈重的吶喊——「救救孩子」、「不可救藥的民族」，一時間心若死灰，如墮深淵。一種因悲憤而來的恥辱感和罪惡感，占據了我的內心。原因乃是，我生長於斯的這個民族竟如此對待自己的孩子，讓她的生與死只在彈指之間，讓她長年在生與死的邊緣徘徊，在她生命僅有的三年光陰，任其自生自滅，在她最需要呵護最需要救助的時候，無動於衷，最後，讓自己民族的最弱小者以這樣殘酷的方式死去。而同樣活在罪惡當中且「苟活至今」的我，唯有與你同哭，為你紀念。

你死於自古被譽為「天府之國」的成都。自古以來成都平原土地肥沃，氣候溫和，雨量充沛，自秦國時期修建了都江堰水利工程之後，成都平原成了「水旱從人，不知飢饉，時無荒年，謂之天府」的富庶之地，自秦代以來成了中國農業最為發達的地區之一，也成為國人艷羨的「糧倉中的糧倉」。可到了二十一世紀的今天，我們祖先引以為榮的「倉廩實、衣食足」的繁榮之地，卻成了後代幼童活活飢餓而死的人間地獄。曾經出現過高度發達的古蜀文明的昔日文明之地，卻變成了冷漠和不義的地帶。

公元八世紀，因安史之亂流亡到成都的詩人杜甫，在目睹了人民的苦難之後寫下了憂國憂民、沈郁頓挫的千古名句，如今成了你的遭遇照映出的社會現實：「朱門酒肉臭，路有凍死骨。榮枯咫尺異，惆悵難再述。」現在，且讓我用白話譯文再將這一詩句反覆吟誦：「那朱門裏啊，富人家的酒肉飄散出誘人的香氣，這大路上啊，凍餓死的窮人有誰去埋葬！相隔才幾步，就是苦樂不同的兩種世界，人間的不平事，使我悲憤填胸，不能再講！」

你死於一個悶熱的夏日。可我不知道，你確切的死亡時間是在白天還是夜晚。我也不知道，你不知熬了多少天才咽下了最後一口氣。但我知道，無論怎樣，那一刻必定是白晝如同黑夜，黑夜更其黝暗的。

由此我想到的，是二十世紀美國女詩人希爾維亞・普拉斯曾寫過的一首關於死亡的詩，詩中有幾句是這麼說的：「陽光何其悲哀，在覆蓋著她的白布上閃耀。月亮何其悲哀，在覆蓋著她的白布上閃耀。」

可憐的孩子啊，被那方白布覆蓋著的你沈默，再也不會叫一聲叔叔阿姨，再也不會在嘴角浮現出一個天真的笑容。而遠遠望著你的我，眼睜睜看著一個小小的孩童瞬間夭亡，一個小小的家庭家破人亡，也在一剎那間喉嚨喑啞，如坐雲霧，說不清這生死之間的奧秘，不知道這一切是否真實，還是這只是一場噩夢。

你的遭遇，你的慘死，連同你那可憐又墮落的母親，你那素未謀面的父親，你們一家的人生遭遇，使我想到雨果描繪他生處的時代中窮人悲慘命運的名著——《悲慘世界》。在這位十九世紀的法國作家看來，大革命後半個世紀的不同階段，下層人民的處境同樣都悲慘艱難，沒有什麼變化。基於此，雨果在這部小說的序言中指出了十九世紀法國的三大社會問題：「貧窮使男子潦倒，飢餓使婦女墮落，黑暗使兒童羸弱」。依我之見，雨果敘述的十九世紀法國底層民眾的處境，及當時法國的三大社會問題，同樣也是二十一世紀初葉當代中國的真實景況，甚至可以說——有過之而無不及。

九年前的孩子之死，至今還令我觸目傷懷，不能自已。九年前我還是一個銳意孜孜的法律人，如今銳挫望絕的我，也有了一個三歲大的兒子。這些天來，每當看到孩子歡蹦亂跳地在室外嬉耍的時候，我就會想起當年拼盡力氣也走不出房門的三歲的你，想起困在房間裏慘死的你，想起四川西南馬邊縣城郊外那座小小的墳塋，仍是擗踴拊心，不能自已。

這些天來，每每想到慘死於幼年而將生命固定於三歲之齡的你，也會想起盲人民謠歌手周雲蓬的那首音樂作品《中國孩子》。在一九九四年，在那場新疆克拉瑪依大火事件——導致了兩百八十八名中小學生葬身火海的特大火災事故發生之後，這位「誓為窮人唱為孩子唱」的良知音樂人就決定為此創作一首歌曲。時隔十數年之後，直至二〇〇七年，他才終於還願完成了這首音樂作品，其中震撼人心的幾句歌詞堪能讓每一個中國人愧悔無地——

不要做中國人的孩子
餓極了他們會把你吃掉，還不如曠野中的老山羊
為保護小羊而目露兇光
不要做中國人的孩子，爸爸媽媽都是些怯懦的人
為證明他們的鐵石心腸，死到臨頭讓領導先走

這歌聲很遠，這歌聲也很近。當歌聲響起，沙啞的哭腔飄蕩在風中，歌詞中提到的成都人的孩子啊，早已走完了她如晨露般轉眼即逝的一生。

9

孩子，你可知道，在你死後，因為一批有良知的媒體人的敢言報導，你的遭遇、你的慘死獲得了媒體和公眾的高度關注。從國內媒體、香港臺灣媒體到海外媒體，從傳統媒

體到互聯網，紛紛對這一驚見駭聞的幼齡女童餓死慘劇進行報導和評論，這一發生在普通人群身邊的人道主義悲劇引發了社會各界的強烈反響，一時間哀思如潮，人言嘖嘖，群情鼎沸。

孩子，你可知道，你生前被困的房間引來了四面八方的記者，你生前居住的小區不斷地有媒體前來採訪，甚至連你臨死前唯一的玩具——那隻破舊的絨毛熊——也一再地出現在媒體畫面上。從媒體的報導和公眾的反應，我們看到的是深沈的哀悼，滿腔的義憤，嚴厲的譴責，促請問責的呼聲，還有深深的自責和懺悔。

孩子，你可知道，當年在強大的社會輿論之下，兩名涉案警員被以玩忽職守罪判處有期徒刑，另有多名警員受到行政處分，還引發了四川警方的「集中教育整頓」、「專題討論活動」等系列官方反思行動。但令人遺憾的是，最終問責的風暴僅限於警方這一範圍，而未能觸及其他的相關單位，並且，官方在做出追究相關責任人司法及行政責任的姿態的同時，也對新聞媒體的正常採訪報導設置了重重的封鎖和障礙，譬如將最早報導這一事件的《成都商報》女記者李亞玲的後續報導予以「封殺」，譬如要求四川當地媒體按照官方統一口徑進行報導，譬如官方想方設法控制住消息源，切斷李桂芳與外界的聯繫、禁止基層民警接受媒體採訪等，譬如百般阻撓省外媒體乃至中央級媒體的採訪報導，又譬如主動進行所謂的「新聞發布會」，在會上刻意遮掩警方及有關單位失職瀆職的責任，而故意誇大李桂芳的責任，種種行徑令人不齒，令人憤慨交深。

孩子，你可知道，儘管這片土地被驕橫和冷酷裹脅著，但依然有著同情和良善的一方天地。在你死後，善良的人們為你在互聯網上建立了一個「網上公益紀念館」，讓公眾可以通過網路為你進行獻花、獻歌、點燭、上香、祭酒等悼念儀式，以寄託人們的哀思。此外，你的死還促成了一個以救助兒童為宗旨的網站的誕生——思怡網，及一個民間公益組織——思怡中國貧困家庭兒童救助中心——的誕生。

最讓人感動的是，在你死後一百天的日子，互聯網上掀起了一場「為李思怡絕食」的公民行動和公民道德自救行動。參與者們以飢餓一天的方式依次形成接力絕食，以這一絕食行動來感受你臨死前所承受的苦痛，來表達內心的悲傷。

一些媒體人和知識人也以各種方式發出呼籲，希望喚起社會關注日益嚴重的困境兒童問題，比如呼籲保障困境兒童得到政府發放的最低生活補助，民政部門應擔負起對困境兒童的監護責任，讓適齡困境兒童能夠接受義務教育，籲請有關國家機關和社會團體承擔起對困境兒童權益的保護責任，等等。

孩子，你可知道，在你死後，你生前所遭遇的苦難，還連綿不斷地發生在其他生存處境與你相似的兒童身上，那些吸毒者的孩子，那些在押囚犯的孩子，那些流浪街頭的兒童，那些父母外出打工的留守兒童，那些血汗工廠裏的童工，那些艾滋村裏的艾滋孤兒……正如北京學者康曉光對這一社會現實發出的沈痛告白：「李思怡的慘死已經使我們肝腸寸斷，但是，這並不是最可悲的，比這更可悲的是她並不是第一個，而且也不是最後一個。這才是李思怡悲劇的全部！」

是的，我們看到，在這個魯迅所言「專向孩子們瞪眼」的國度，你的慘死不是第一個，也不是最後一個。孩子們死於嬰幼兒毒奶粉和劣質奶粉，孩子們死於有毒注射疫苗，孩子們死於讓領導先走的火災，孩子們死於豆腐渣校舍的廢墟裏，孩子們死於暗無天日的黑磚窯，孩子們死於艾滋病病毒感染，孩子們死於揮向幼兒園和校園的屠刀，孩子們死於往返學校的校車事故，孩子們死於嚴重超載的沈船事故，孩子們死於家庭暴力和校園虐待……

孩子們匆匆地來到這片土地又匆匆地走了，將絕望的哭喊鐫刻在天空和大地之間，只留下那些慘不忍聞的聲音迴盪在大地上，譬如孩子們絕望的哭聲，又譬如自己孩子被賣往山西黑窯場的那四百位父親們的泣血呼救聲——「誰來救救我們的孩子？」嗚呼！什麼時候，這片土地才能成為孩子們的「安全區」和「避難所」，成為孩子們平安幸福生活的家園呢？

孩子，你可知道，在你死後，善良的人們在一家公墓裏為你購置了一塊墓地，以供公眾憑弔。地點，位於成都東隅錦江區大安橋村的金沙陵園。這裏北靠四川盆地西部的龍泉山脈，兩條河流——跳蹬河和白馬河——如玉帶般環繞此地。黑色的大理石墓碑，在山巒和河流的見證下悲愴地矗立著。埋在地下的，是你譬如朝露的短暫生命。留在地上的，是那鐫刻在墓碑上、也烙印在我們心上、讓我們椎心飲泣的永遠的碑文：

孩子，如果／生是偶然，而死是宿命／那麼你短短的一生／是一個多麼可怕的誤會／你哭累了／沈沈睡去了／夜幕引領著你／暫時脫離／這恐怖的世界／此刻，陽光燦爛／把這世界的羞愧／照耀得／一覽無餘

孩子，帶著我們不盡的哀思和熱淚，你上路吧。時至這個六月，你離開人世間已經整整九載春秋了。九年了，我們要你知道，我們從不曾將你的悲慘遭遇淡忘，我們一直對你充滿了疼惜和哀憐，我們對你的悼念也從未曾停止過。

親愛的孩子，如果這個冷漠而又殘酷的世界讓你受了驚嚇，讓你感到無邊的恐懼和絕望，讓你對人世再無眷戀，那麼，你就頭也不回地去往天國的路吧。那裏沒有飢餓和冷漠，也再不會有孤單和恐懼，只有豐盛的呵護和慈愛圍繞著你。而當我們仰望浩瀚的蒼穹的時

候，會對著遙遠的星空發願，在未來的年年歲歲，絕不會將你遺忘。你的名字，會永遠留在我們的記憶裏。

寫於二〇一二年五月十四日至六月四日

那個含冤屈死的少年人
——祭內蒙古呼和浩特青年工人呼格吉勒圖

耶和華啊！你見了我受的委屈；求你為我伸冤。他們仇恨我，謀害我，你都看見了。
神啊！求你伸我的冤，向不虔誠的國，為我辨屈；求你救我脫離詭詐不義的人。

——《耶利米哀歌》、《詩篇》

1

十年前的一起「冤案」，在死刑核準權收回最高法的背景下，成為反思司法程序正義的樣本。

冤者名叫呼格吉勒圖，十年之前因為被「偵破」的那起命案被執行死刑。

上述這兩段文字，出自二〇〇七年第五期《瞭望》周刊的一則報導，標題為：「償命申請」揭出驚天冤情，錯案拷問程序正義。

二〇〇六年底，當我得知最高法院即將收回死刑核準權的消息時，心情久久難以平靜。雖然我知道離法治目標尚且遙遠的中國刑事司法體系，不會因此在本質上出現多大的改觀，但我仍將之視為人權領域的點滴進步，並感到些許欣慰。我知道促成死刑核準權收回的重要原因之一，乃是這些年來經媒體接連曝光的一宗宗死刑冤案錯案，一次次地進入公眾視野，一次次地使得公眾的心理被震驚到難以承受的地步。

一連幾天我在圖書館裏收集資料，包括幾宗業已成為眾矢之的的死刑冤錯案件。我試圖讓自己平靜下來，以求從學理上做一些冷靜的評析，但我還是難以抑制自己的情緒。我含著淚閱讀了一宗宗死刑冤案的資料，帶著滿懷的憤懣，帶著出離的傷慟。

最讓我感到傷痛的，就是你的這起冤案，呼格吉勒圖。那年你才剛滿十八歲，還是一個稚氣未脫的孩子，一個相信法律才去報案的無辜者，卻被執法者以法律的名義送上了刑場。這幾年來，你被綁縛押上刑場的那一幕，時常出現在我的夢中，讓我耿耿不能釋懷。我在漆黑的夜裏對自己說，有日要以另一種的文字形式，來祭奠一個年輕的亡靈，一個含冤屈死的少年人。

2

你出生於內蒙古一個普通的毛紡工雙職工家庭，父母均是一家國有企業——呼和浩特第一毛紡廠的基層工人。家中有三兄弟，你排行老二，上、下各有一個長兄和三弟。

父母給你們兄弟三人均取了蒙古名，給你取的名字叫「呼格吉勒圖」，其蒙古語的意思是「吉祥如意」和「幸福的海洋」。這名字寄託了父母對你的愛和祝福，只是他們萬萬沒有想到，在你剛剛年滿十八周歲的那一年，你遭遇的不是「吉祥」，而是蒙冤；命運帶給你的不是「幸福」，而是「屈死」。

你從小就不太愛說話，性格一向溫順、老實、不善言辭，甚至有點兒木訥，可是你心地單純、善良。鄰居肖大姐對你的評價是：「這孩子特別懂事，有禮貌，經常幫著父母幹家務。」和很多男孩子一樣，你從小就特別地崇拜警察，覺得警察英勇神奇，這個職業非常的光榮，生活中遇到什麼事都能找警察。在你的心目中，警察是正義的化身，執法者是懲惡揚善的代名詞。

初中畢業後，你沒有繼續在學校裏讀書，而是選擇了參軍，但因故沒能去成。隨後，尚且稚嫩的你就參加了工作，去了離家不遠的呼和浩特捲煙廠上班了。在同齡人還在學校裏念書的年紀，你就已經開始靠雙手掙錢謀生了——你成了一個自食其力的青年工人。

雖然已經從學校踏入社會，但你的身上仍然有股學生氣，天真，單純，不諳世故。和你的經歷有些相似，我也是十九歲那年技校畢業後，就參加工作進了工廠，成了一名年輕的灰漿泵值班工。剛剛參加工作的你，日子過得平靜而有規律，平常下了班回家，就呆在家裏看電視、看書或做點家務。

你平靜的生活軌跡有一天起了波瀾。對於大多數人來說，那是很平常的一天，卻是你噩夢般的日子，和一段災難的開始。那天是一九九六年四月九日，在呼和浩特市的治安史上，是被認定為發生了「毛紡廠公廁四．九女屍案」的日子。

這天下午你上中班，即從下午三點上到晚上十一點，與你一同上班的是同事兼好友閆峰。當晚八點左右，你倆到捲煙廠附近的一家小飯館吃晚餐，還喝了點啤酒。九點左右吃完後，閆峰讓你去買口香糖消消酒氣，他先回了車間。你買好口香糖後忽然想起來忘了帶家裏鑰匙，便準備回家去取鑰匙。

在回家的途中上公共廁所時，你聽到隔壁的女廁所有人在大聲呼救。黑暗中的你當時很害怕（廁所是以前的那種老式廁所，左邊女廁右邊男廁，中間是一堵牆，牆的最上邊是一個昏暗小黃燈，當時已壞，因此夜晚很暗），覺得肯定出事了。

你立即回到廠裏叫上閆鋒，一起去探個究竟。到了廁所門口，他先向裏面喊了兩聲壯膽，見沒回應，就打開打火機往女廁裏頭探頭一看，頓時看到了一具下身赤裸的女屍，你倆嚇得轉身就跑。奔跑中你提出來要去報案，但是被閆鋒阻止，他怕因此會惹來麻煩，但你執意要去。

你倆來到路口的治安崗亭，向裏面正在值勤的警察報案，隨後你領著警察去了案發現場察看。這時一心想盡公民義務的你，哪裏會想得到，你去報案的舉動給自己帶來的，不是肯定和稱讚，而是滅頂之災。

接著，你被帶到呼和浩特市新城區公安分局，當晚十點多，先回到廠裏的閆峰也被傳喚到公安分局。接下來，發生了令你意想不到的事——前去報案的你，被認定為殺人嫌兇。

再接下來的日子，你被徹底地推向了劫難深淵。

四月十日，新城區公安分局在「強力審訊」之後，對你實施收容審查。

五月十日，新城區檢察院批准逮捕。

五月二十三日，呼和浩特市中級法院一審開庭。庭審中你當庭否認殺人指控，你的辯護律師起初也為你作無罪辯護，但是這些申辯未得到理睬和核實，法院在控方證據極其粗糙、嚴重不足的情況下，以所謂「流氓罪」和「故意殺人罪」做出死刑判決。次日，你不服提出上訴。

六月五日，內蒙古自治區高級法院作出駁回上訴、維持原判的裁決。至此，本案審理程序以快得令人不可思議的速度匆匆走完。

六月十日上午，離案發日僅僅六十二天的日子，無辜的你，就被押赴刑場執行槍決了。這起時值一九九六年「嚴打」期間的所謂流氓殺人案，在所謂「從重從快」的辦案精神之下倉促間劃上了一個句號。

在短短兩個月餘的整個刑事司法辦案過程中，無辜的你，不停地大聲喊冤。但是這起明顯有冤情的案件，沒有任何一家司法機關以負責任和謹慎的態度，來核實一個無辜公民的訴冤。最終無辜的你如他們所願，押上刑場，人頭落地；而如願的他們則彈冠相慶，或立功嘉獎，或升官晉職。

沒有人能夠預料得到，九年之後，當年這起倉促結案的死刑要案，卻因一起特大系列強姦搶劫殺人案件的告破，再度成為公眾熱議的焦點。並且，成為當代刑事冤案令人辛酸的標本。

3

時光來到二〇〇五年十月二十三日，被媒體稱為「殺人惡魔」、在內蒙古境內陸續作案二十一起、奸殺婦女十名的涉嫌強姦、搶劫、殺人的嫌犯趙誌紅落入法網。

然而，歸案後的趙誌紅主動交待的其犯罪生涯中的第一起強姦殺人案，就讓整個審訊室的空氣凝固了——他供認自己是一九九六年「毛紡廠公廁四·九女屍案」的奸殺真兇！而當年承辦「四·九女屍案」的不少刑警也參與了對趙誌紅的審訊工作，趙誌紅的供述讓他們大為震驚。

雖然距離當年的作案時間已經跨越將近十年，但趙志紅仍然準確地供認出並指認了作案現場、廁所方位、內部結構、被害人身高、年齡、特徵、強姦及扼頸方式、殺人過程、屍體擺放位置、姦屍時間長短等等大量只有兇手才知道的細節。

在經歷了案件一審開庭、庭審中「遺漏」了對他「毛紡廠公廁四・九女屍案」的指控，趙志紅從看守所中遞出「償命申請」書。在這份申請書中，趙志紅稱自己「被捕之後，經政府教育，在生命盡頭找回了做人的良知，自己做事、自己負責」，要求派專人重查此案，「讓我沒有遺憾地面對自己的生命結局，還死者以公道，還冤者以清白。」

在趙志紅供出「四・九女屍案」後，長期關注此案的兩名公安部刑偵技術專家楊承勛和吳國慶，隨即趕赴內蒙古對趙志紅做了包括測謊、心理和精神鑒定等技術測定，最後結果認定趙志紅確系「四・九女屍案」的真兇。楊承勛的結論是：「呼格吉勒圖肯定是被冤枉的，是一個錯案，趙志紅肯定是真兇。」與此同時，內蒙古自治區相關司法部門也組成了「四・九女屍案」案件核查組，對本案進行了復查。最終核查組認定：「呼格吉勒圖案系錯案，趙志紅是『四・九女屍案』的真兇。」

九年後獲悉這一「喜訊般的噩耗」之後，你父母的內心如波濤般上下翻騰，感到五味雜陳。於是，從二〇〇五年十一月中旬開始，你那老弱憔悴的父母，強忍著得知愛子遭冤殺的悲憤，奔走於區市兩級人大、政法委、法院、檢察院、公安局乃至於中央級司法機關，只為了「為兒子伸冤」，討還兒子一個清白。

你的鄰居也驚呆了，毛紡廠宿舍大院的老住戶們開始議論紛紛：「李三仁（作者註，係呼格吉勒圖父親）家的二小子，原來真的是被冤枉了！」「那年聽說他殺人，整個院子的人都不相信。想起這孩子就心疼。」你的同事兼好友閆峰，在讀到媒體上一則抓獲強姦殺人惡魔的報導時，才徹底地明白，當年他的好友確實是蒙冤被枉殺了。

此時，輿論一片譁然，公眾怒潮洶湧，報紙、雜誌、電視和互聯網等各種媒體紛紛對你的案情予以報導、採訪和評論，並冠以本案為「世紀冤案」，認為你是「內蒙古版聶樹斌」（作者註：聶樹斌係一九九五年河北強姦殺人冤案之受刑者），並且反思造成冤案的各種原因，其中首要指向的就是刑訊逼供。

根據種種證據顯示，當年你在審訊期間遭到了刑訊逼供、誘供、指明問供等非法取證的對待。案發當晚曾被新城區公安分局關了一夜的閆峰告訴記者，案發當晚呼格吉勒圖就在他隔壁的一間房子裏接受審訊，當時他聽到桌椅挪動的聲音，還聽到呼格吉勒圖的痛苦呻吟和淒厲喊叫聲。次日上午，他看到「呼格吉勒圖蹲在地上，雙手被背銬在暖氣片上，頭上戴著頭盔。」你的辯護律師說：「審判時呼格吉勒圖瘦得皮包骨頭，似乎精神也接近錯亂。」你的母親在鳳凰電視臺「社會能見度」欄目訪談節目中，對主持人曾子墨說：「開庭時，我兒子已被折磨得不成樣子，整的半死不活的，像個皮包骨頭。」

但是因為時隔已十多年，你已經含冤九泉之下，無法再開口說話了。除了竭力卸責的辦案人員之外，如今無人得知在那些可怕的日子裏，你究竟受到了怎樣的刑訊逼供、怎樣的酷刑加身？我在媒體上讀到類似於你的其他案件中，被披露出來的種種刑訊逼供手段——

一九九八年雲南昆明杜培武涉嫌殺人案，辦案民警對杜培武採用不准睡覺連續審訊、拳打腳踢，用手銬吊掛在防盜門上，反覆抽墊凳子或拉拽拴在杜腳上的繩子，致使杜雙腳懸空、全身重量落在被銬的雙手上等刑訊手段。杜難以忍受，喊叫時被用毛巾堵住嘴巴，還被罰跪、遭電警棍擊打，直至屈打成招。待服刑兩年半後，昆明警方破獲楊天勇劫車殺人團夥案，嫌犯供認系該起兇殺案的真兇，杜培武才被宣告無罪。走出監獄的杜培武已經被折磨得不成人形：目光呆滯，步履蹣跚，兩個手腕和雙腳踝均被手銬、腳鐐吊爛、化膿，手背烏黑，腫得像戴著拳擊手套似的。

二〇〇二年河北唐山李久明涉嫌殺人案，審訊人員讓李久明戴著手銬、腳鐐，在提訊椅上坐了七天八夜，不讓他睡覺，一閉眼就打耳光。他們將電線繫在李的腳趾、手指上實施電刑。李喊冤枉，他們就用布堵住李的嘴，並威脅要電李的下身。李久明控訴道：「在這七天八夜裏，王建軍、楊策等人每次都是酒後刑訊逼供，採用的手段是灌涼水、灌芥末油、灌辣椒水、用打火機燒、打耳光等。他們買來十瓶芥末油和一包辣椒麵，用芥末油和辣椒麵兌上水灌我；把芥末油抹在我的眼睛上、鼻子裏；把水瓶放在頭上讓我頂著，掉下來就灌涼水。一次，他們往我肚子裏灌了一箱礦泉水，灌得我解大便也全是水。」事後李久明的臉、大腿和腳面浮腫，手指上有糊痂，有的手指還往外滲著鮮血，腳趾頭縫流著膿，有的腳趾頭縫甚至露出白骨。二〇〇四年七月，一名搶劫殺人犯在被執行死刑前供認他是真兇，李久明才被宣告無罪釋放。

一九九四年湖北荊門佘祥林涉嫌殺妻案，在佘祥林被刑警隊扣押後，審訊持續了十天十一夜，他遭到殘酷的毒打、體罰，刑訊逼供、誘供長達十天，一天只吃兩頓飯，不讓喝水。佘鼻子被多次打破之後，辦案人員竟將他的頭殘忍地按到浴缸裏，幾次因氣力不足喝浴缸裏的水嗆得差點昏死，並讓他蹲馬步，還用穿著皮鞋的腳猛踢他的腳骨。佘回憶道：「公安分成幾組審訊我，不讓睡覺，當時我看什麼都是重影的。」在這十天十一夜裡，佘只要合上眼皮，就會遭到掌摑或警棍電擊，只要打瞌睡低一下頭，繫在電話線上的手銬就會「通電」，他就會全身痙攣地倒在地上哀嚎不止。佘在獄中服刑十一年後，他被「殺害」的妻子突然歸來，佘祥林才被宣告無罪釋放。

一九九九年河南商丘趙作海涉嫌殺人案，從派出所到縣公安局，辦案人員對趙拳打腳踢，甚至用槍頭槍筒狠擊趙的頭部，並留下了傷疤，還用擀麵杖一樣的小棍棒敲他的腦袋，敲得趙頭腦暈沈沈的。辦案人員還在趙頭上放鞭炮，把趙銬在板凳腿上，將一個一個的鞭炮放在他頭上，點著了炸他的頭，還用開水兌上藥給他喝。趙對記者說：「我動不了，連站都站不起來。被銬在板凳上，三十多天都不讓你睡覺。那是叫你死，你就該死。當時刑警隊一個人跟我說，你不招，開個小車拉你出去，站在車門我一腳把你踩下去，然後給你一槍，我就說你逃跑了。當時打得我真是活著不如死。我說，不要打了，你讓我說啥我說啥，叫我咋說我咋說。」二〇一〇年，被趙「殺害」的被害人突然回家，服刑十年的趙作海才被宣告無罪釋放。

……

4

當我讀到這些經媒體披露出來的種種刑訊逼供細節時，身體不住地顫抖，霜凍般冰涼的絕望籠罩了我的心胸。受刑者的遭遇讓善良的讀者和觀眾感到毛骨悚然、不寒而慄。樁樁逼供酷刑可謂觸目驚心，駭人聽聞，令人髮指。

這不是納粹德國屠殺猶太人的奧斯維辛集中營，不是侵華日軍虐殺南京市民的南京街頭，也不是古代酷吏審問犯人的衙門大堂，而是人民共和國土地上執法者顯能逞威的審訊室。晚清小說家劉鶚在他的譴責小說《老殘遊記》中，借筆下人物的口吻哀嘆道，「實在可怕的是豺狼虎豹。」可是，用「豺狼虎豹」來形容這些執法者們令人難以置信的暴行，已是侮辱了豺狼虎豹——因為動物不會這樣對待自己的同類。

在意大利中世紀詩人但丁的史詩《神曲》中，地獄之門上銘刻著這樣一段話：「這裏直通悲慘之城，由我這裏直通無盡之苦，這裏直通墮落眾生……來者啊！快將一切希望揚棄！」這些披著執法外衣的施虐者們，已經將一間間的審訊室變成了地獄之門，讓一個個無辜的公民墮入萬劫不復的人間地獄。經過殘酷的非人的逼供折磨，讓受刑者求生不得求死不能，叫天天不應叫地地不靈，要什麼樣的口供，就有什麼樣的口供；要什麼樣的作案情節，就有什麼樣的作案情節，最終自然是「供認不諱」、「主動認罪」，以至於「犯罪事實清楚、證據確實充分」了。

在諸如「維護穩定、執法為民、司法為民」之類的堂皇口號下，可憐的受刑者們就像被獵人捕獲的籠中獵物一樣，任人畜不分、心如蛇蠍的種類用花樣翻新的各種刑訊手段，從肉體到心靈裏裏外外地加以摧殘和侮辱。淒厲的哀嚎飄蕩在室內，恐怖的氣息飄散在空中。這裏是人類文明和良知觸碰不到的死角，這裏是一絲陽光也照拂不到的黑暗王國。

幾乎每一個冤案的背後，都有刑訊逼供的影子。幾乎每一個銜冤公民的身上，都有酷刑相加的傷痕。作為司法體制的痼疾和「毒瘤」，無數刑案的偵查審理過程，依靠的不是搜集各種證據，而是信奉所謂「大刑伺候，焉得實供？」的辦案指導原則。

然而，這些被媒體曝光出來的冤案案例只是冰山之一角，尚未被披露出來、或將永埋地下的還不計其數，並且，採行刑訊酷刑手段辦案的絕非某些執法人員的個別、偶發行為，而是一個長期實施、普遍存在的「平庸的惡」，是被制度性加以默認乃至縱容、鼓勵的惡行。在普遍的刑訊酷刑之下，茫茫鐵窗之中、淒淒刑場之上，多少無辜的公民或陷身囹圄，失去自由，或命殞魂斷，失去生命。

在無數公民遭受刑訊酷刑的事實面前，在負屈含冤的眾多國民面前，御用文人鼓譟出來的諸如「和平崛起」、「中國站起來」之類的喧囂，頓時黯然失色；靠大型盛會和航天科技塑造出來的「大國崛起」形象，變得分毫不值。這樣的國家不是崛起大國，而是「酷刑大國」；這樣的國家不配稱之為文明國家，而是「冤案之國」。這個國家不僅盛產陽光下的貪官，也盛產角落裏的酷吏。

依我看來，若要「向世界展現一個負責任的大國形象」，就絕不應對這片土地上發生的刑訊酷刑視若無睹，就絕不應聽任刑訊酷刑的滋生蔓延，要緊的不是堆積出一個個金光鮮亮的形象工程，或構造出一句句美妙動聽的口號標語，而是應先拿出相當一部分精力出來，先除掉刑訊酷刑的根莖再說，然後再談及其他事務。因為，這是民族的悲哀和國家的恥辱，也因為，這已不僅僅是這個國家中人道主義匱乏、公民權利欠缺的問題，而是我們還配不配稱得上是「人類」的問題。

這些刑訊酷刑的細節讓我聯想到你，呼格吉勒圖，當年年僅十八歲的小冤囚。

你生得單薄、瘦弱、拙於口舌，當同齡人還在教室裏聽課、或在父母懷裏撒嬌的時候，你像一只落入狼群的羔羊，接下來的兩個月環繞你的世界是難忍的刑訊、痛苦的折磨、冰冷的目光、內心的恐懼和無邊無際的絕望……

在非人道的「審訊」之下，起初你還硬挺著堅稱自己的清白，終於揪心的疼痛和難忍的折磨打倒了你，你用顫抖的聲音求饒，並且一一招認，招認出你從未做過的「作案情節」，供認出你並未實施的「嚴重罪行」。那一刻我彷彿看到你形容枯槁，面容呆滯，眼神無助而又絕望，室內是強烈的照明，窗外是陰霾的天空。

與刑訊酷刑同樣超出常人想像力的，是程序的違法、及證據的粗糙。死刑作為剝奪生命權的最嚴厲刑罰，本應是最嚴格縝密的司法過程，就連古代也設立了申訴、複審、直訴、會審、覆核等眾多司法程序制度，以盡量杜絕冤假錯案的發生。在明清兩代，死刑案件均要等到次年秋呈送上報所有文案、經由三法司會審，待斷定無錯案之後，再上報皇帝禦筆勾決，然後才可以行刑。可是呼和浩特這起二十世紀九十年代中期最終處以報案公民極刑的命案，卻是快速、草率得令人咋舌。

對於本案，北京學者林維對《瞭望》記者說：「兩個月就完結一起死刑案件，時間非常倉促。雖然法律條文沒有對結案時間下限進行規定，但一般來講，整個程序包括拘留、逮捕、偵查、起訴、一審、二審以及復核等一系列環節，不考慮任何的耽誤和延長問題，通常至少需要半年至一年的時間，除非明顯壓縮審判程序，刻意從快。」時間的倉促，正反映出過程的草率和極端的不負責任。退一萬步講，就算你們要定一個公民死罪，但是，可否不要那麼迫不急待得殺掉一個我們的同類？

而本案在定案的證據方面更是離譜得出奇，令人驚異不已。先來看口供，公安部刑偵專家楊承勛告訴記者，他一看口供就覺得有問題，因為「太詳細了」，案發現場是黑燈瞎火的公廁，呼格吉勒圖居然「詳細說出了死者內外衣物的顏色，還說出死者穿的是牛仔褲，繫的皮帶是向左插的，皮帶上還有兩個金屬扣子！」這分明是誘供或是逼供所得。

再來看被告供述之間的矛盾，呼格吉勒圖曾數次翻供，說自己「沒有去殺那個女的」，稱自己曾經作出的有罪供述及指認，均是違心所作。他跟律師說「我沒去殺人」。依據法律規定，檢察、審判機關應對此予以核實，或作為證據疑點不予採納，但最終這些無罪陳述卻被故意地忽視了，沒有加以核實。

再有就是，「四•九女屍案」案發後，刑偵人員就已經在女屍的陰道內提取了分泌物（即作案人的精液）。按照最基本的刑偵工作規則，應將這種分泌物進行技術化驗和分析。但是，這一最有力的證據（能證明分泌物不是呼格吉勒圖的，而是他人的，即他並非兇手）卻沒有送檢。

此外，定罪的關鍵證據之一，是呼格吉勒圖的指縫血樣測試結果，被認定與被害人屬於同一血型。可眾所周知的事實是，同一血型的人何止成千上萬？這又如何能夠認定呼格吉勒圖系作案人呢？難怪如今自治區專門組織的核查組做出的結論性意見，它是這麼說的：「核查組已經有了結論，以法律的術語講，當年判處呼格吉勒圖死刑的證據明顯不足，用老百姓的話說就是冤案」。我想問一句，如此辦案不是「莫須有」又是什麼？不是故入人罪又是什麼？不是草菅人命又是什麼？

冤案就這樣煉成了。冤獄是以國家的名義。冤誣打著人民的旗號。冤陷被貼上正義的標籤。當輿論紛紛討論造成冤案的原因，同時質疑司法體制的弊端、斥責辦案人員濫權亂法的時候，幾乎都將批判的矛頭指向刑訊逼供、證據瑕疵、漠視程序、執法人員泯滅良知等問題，一言以蔽之：有法不依。

固然，以上這些問題均是冤案的成因。但是，寄希望於執法人員的「依法辦案」或是道德良心，實在是一種無力的期待。我們不能僅止於此，我們還要看到那個根本性的問題——一個在本質上漠視人性、罔顧人道的制度系統，一個不把人當人看待的不公義的體制。正是它，造成了權力這種「必要的惡」缺乏制度性的制衡和約束，而公民人權則缺乏制度性的尊重和保障，這樣的制度系統不啻是滋生冤假錯案的土壤。在這樣的法制體系下，我們看到公權力像是脫了韁的野馬般恣意妄為，執法者能夠居心悖逆、為所欲為，能夠披上合法的外衣，動用「利維坦」（舊約聖經中記載的一種怪獸）式的國家機器，肆意踐踏公民的尊嚴和人權，然後享受或立功受賞或升官晉職的狂歡盛宴。

從這一角度來看，呼格吉勒圖的冤死既是一種偶然，也是一種必然，是一種「制度性的惡」導致的「制度性的死亡」，是不公義的體制的不可避免的「制度性的代價」。仰賴這樣的制度系統，崛起的國家越來越顯得昂首闊步，無辜的公民卻接連淪為淒慘冤魂。

5

那是六月裏的一天，天灰濛濛的，風嗚嗚咽咽的聲音在天空中飄來蕩去。

那天下午兩點，你被五花大綁押赴刑場，背著黑洞洞的槍口跪在地上。兩聲槍響過後，你栽倒在地，後腦勺中彈，腦漿迸裂，汩汩的鮮血在身旁流淌。

一條年輕的無辜的生命，就這樣被冤殺掉了！

一個參加工作還不到一年的青年工人，一個普通的紡織工人家庭的兒子，一個剛剛走出校門的單純孩子，一個作為報案人只想盡公民義務協助破案的少年人，槍聲響起，你倒在黃土地上，倒在血泊中。你相信法律，卻被司法系統以法律的名義殺害了。

你死於初夏的六月上旬，死於一個燠熱的午後。你的死讓我想到元朝同樣被冤殺於六月的竇娥，也是同樣年輕的十九歲冤女子。你死時的場景，雖然沒有像竇娥發誓的那樣六月降雪，但我相信那日必定也是草木含悲。我想起竇娥臨刑時悲憤的控訴，那也必定是你心頭的控訴：

「為善的受貧窮更命短，造惡的享富貴又壽延。

地也，你不分好歹何為地！天也，你錯勘賢愚枉做天！」

你死時年僅十八歲，你死於青春年華。十八歲原本是朝氣蓬勃的年齡，是充滿希望、美好、歡笑和夢想的年華，而這些原本該屬於你的一切，以及你的未知前程，你的戀愛婚姻，你的漫長人生，通通被漆漆無邊的黑暗扼殺了。

那天下午，你的父母收到一張「領屍單」，白發人送黑發人的痛楚難以言表。他們含辛茹苦地將你拉扯養大成人，送進工廠時的是一個老實本分的小伙子，收回的卻是一具頭部殘缺、血肉模糊的屍體。

那天晚上，你們全家除你之外的四口人一整個晚上抱頭痛哭。你的母親尚愛雲不住地嚎啕大哭，幾次哭暈了過去。你的父親李三仁頓顯蒼老，一夜之間頭髮幾乎全白了。家人不相信你是殺人兇手，他們不相信那些法律文書加在你身上的所謂罪名，他們堅信你的清白，可是他們對之無能為力，只能默默垂淚。一家人從此生活在陰影和壓抑之中，在恍惚中度日，在歲月中希望時間能慢慢洗去家庭的創傷。

那年我二十一歲，是比你大近三歲的同齡人，是與你具有同樣青年工人身分的苟活者。從某種意義上講，你是替我們這個群體受難。而我，唯有為你哀哭。

早在十七世紀，英國哲學家培根就說過：「一次不公正的判決，其惡果甚至超過十次犯罪」。經此變故，你的家庭遭到了沈重打擊，此後的長年累月，「家裏出了個強姦殺人犯」的陰霾始終籠罩在你的家中。你們家住在有幾十戶人家的毛紡廠家屬區，一家五口本來均在大型國有企業工作，從此後一家人出門常有人在背後指指戳戳，冷言冷語更是避免不了。一家人默默地忍受著這一切，母親常常抱著你的畫像以淚洗面，父親變得常常哀聲嘆氣，你的在毛紡廠當工人的大哥每日硬著頭皮去上班，你的尚還在念初中的三弟在學校裏時常被人歧視，沒過多久就退學了。

這片土地實在太骯髒了，幾十年來不斷漫浸無辜青年的鮮血，一個比一個年輕，一個比一個淒慘。三十六歲的林昭死於需自費五分錢的一粒子彈，二十三歲的遇羅克死於萬人齊呼的「打倒」聲中，十九歲的李九蓮死於一根竹簽刺穿下顎和舌頭後的槍殺，十八歲的中學生黎蓮死於活體取腎後的槍殺……如今又添了一個十八歲死於冤案槍殺的呼格吉勒圖。在這片充滿戾氣的土地上，你們命定要淪為刀俎上的魚肉，然後，慘遭橫殺。

如果你地下有知，或許如今你會感到一絲安慰，那是來自媒體的報導，以及網絡上的聲援。

我在土豆網上，看到了一則名為「網友探望內蒙冤案呼格吉勒圖父母」的視頻。在一個清明節的日子，幾位網友去往你家探望你父母，然後驅車載著他們來到郊外墳場。一位身穿黑色夾克衫的男青年手持一束黃色的花，他攙扶著你的父親，註視著你的母親趴在墳前嚎啕大哭，「我的兒啊，你死得好冤，媽來看你了……」你那已是滿頭白髮的父親蹲在一旁邊流淚，邊燒著紙錢，燃盡的紙灰隨風四處輕揚。那一刻，當我看到你的父母老淚縱橫，坐在電腦桌前的我也忍不住哭泣，心窩感到鉆心的痛。

在網路上，我還讀到了許多讓我感動的網友留言，這裏頭有滿腔的義憤，有誠摯的安慰——

「我想祝福呼格吉勒圖，天堂裏沒有什麼所謂的『神探』，沒有什麼嚴刑逼供，沒有什麼毒打。一切都結束了，現在兇犯承認了所有罪行，你終於可以洗刷冤屈了！雖然最高院介入調查，到現在都還沒有作出結果，可是那已經是法院的事情了，為什麼追究那麼多呢？大家都明白，你是被冤殺的。這樣大家明白，那樣就可以了。

『供認不諱』是怎樣煉成的？踏著冤死者的屍體升官發財。『供認不諱』，簡簡單單的四個字飽含著多少無辜者的血淚！無辜者的血淚背後隱藏著多少升官發財的魔鬼！

小時候老師教育我們，草菅人命的是古代昏官，以為社會主義可以改變一切，原來還是轉了一個圈。

看了鳳凰衛視的呼格吉勒圖冤案報導，引發好奇，上網搜了一下，在此轉帖，希望盡快還冤魂一個清白，給兩個老人一個安慰！

刑訊逼供，只不過是刑警隊辦案的『基本』方式。屈死在花一樣的年華。那些因為『破案』得以升遷的屠夫們，一個青春少年的生命的價值在他們眼裏，不過是如野犬一般，狂毆亂揍，直到屈服，斃命。

只為撈功，草菅人命！十八歲鮮活的充滿希望的一條人命啊，在自私貪婪草率的人手裏，不如一枚二等功勳章！可知你的瀆職給一個家庭造成了多大的傷害！可知那冤死的靈魂夜夜在嘶吼！

按照目前的法制環境，這種事情隨時發生在其他人身上，男孩冤死，那些辦案的人卻得到了升遷，這是怎樣一個社會？一個真兇已現，證據確鑿的冤死案卻無處昭雪？！這就是一個沒錢沒背景就要給人當替死鬼的社會！」

這些網友的留言讓我感到些許安慰，同時也期盼著滔滔輿情能夠帶來一個讓人寬慰的結果，甚或在制度層面能夠改變一點什麼。我想起了北京法學學者賀衛方的一句演講辭：「只要冤死者的墳頭上有一位悲痛欲絕的母親還在哭泣，我們每個人的心靈就不得安寧！」

是的，當痛哭流涕的母親再也呼喚不回她蒙冤屈死的孩子，我們怎能夠聽任黑暗繼續猖獗肆虐；當母親掙扎著站起來與黑暗對峙的時候，我們應當義無反顧地站在母親的一邊。

6

當二〇〇五年十月真兇落網後，你的父母開始奔波於為你討還清白的漫漫上訪之路，從呼和浩特到北京，他們的鞋已經磨破了好幾雙，冤情已經哭訴了無數遍。既然當年定罪的證據已被證實為漏洞百出、嚴重不足，加上真兇已經歸案並且主動要求償命，世人期盼著，有關部門總該糾正這起徹頭徹尾的冤案了吧，總該為一個被錯抓、錯捕、錯判、錯殺的無辜青年平反昭雪的了吧？再進一步，人們期望以本案為契機，能對司法制度的某些領域進行改革，去夯實糾錯機制，拓寬救濟渠道，以杜絕冤假錯案的再次發生，重拾公眾對司法公正的信心。

但是年復一年的期望，最終成了年復一年的失望——迄今為止真兇現身已快六年了，對冤獄受害者宣告無罪的裁決還是遲遲無法做出。儘管本案被眾多的媒體關注報導，儘管本案已引起舉國關注和社會公憤，儘管公眾籲請還冤死者清白的呼聲不絕如縷，儘管就連明朝的禦史都知道「辯冤白謗為第一天理」，但是有關部門至今仍然就是穩穩當當地「巋然不動」，硬要將他們的權力範圍變成蒲松齡所指斥的「覆蓋的盆」，企圖永遠地將正義的陽光阻擋在外，讓這起人神共憤的案件永遠地冤沈海底。

如此公然踐踏法治的罔瀆行為，已經超出了公眾的心理承受範圍，以及人類的文明底線，讓人不禁要發出一聲質問：為什麼真兇已經落網，還不盡快主動地撤銷過去的錯案，對冤死者宣告無罪，同時告慰女性被害者？人已被錯殺，難道為冤獄受害者平反昭雪不是天經地義的事嗎？難道追究造成冤獄的責任人、對受冤者家庭予以道歉賠償不是理所當然的事嗎？為什麼，竟黑白顛倒到如此的地步，原本應由有關部門主動宣布平反、登門道歉才對，為什麼卻反而要讓冤死者家人四處哭訴、多方求告，讓兩位年邁體弱的老人踽踽奔波於艱難的上訪之路？

沒有人能夠回答這些問題，這些問題會照出某些人的尷尬。你被冤殺掉已經整整十五年了，當年還是中年年紀的父母已經開始漸漸地蒼老，你大哥的女兒如今也已經六歲了，這起冤案已經影響到了你們一家三代人口，你們一家人年復一年地焦灼等待，等待著正義的來臨。而正義依然遙遙不可企及，冤獄責任人依然逍遙法外。面對你父母急切的目光，有關部門依然一次次地予以敷衍、搪塞、推脫責任。這個國家向來有著有理難訴、有冤難伸的傳統，近幾十年來被冤枉遭迫害的國民更是多得難以計數，最可怕的莫過於含冤喪命，更可怕的是對冤死者人格的侮辱和尊嚴的踐踏。

當年無辜的你，已被實施了第一次肉體上的殺戮，如今你那破碎家庭的傷口上還要被再撒上一把鹽，被實施第二次精神上的殺戮！你的冤情大白於天下已經好幾年了，你的家人卻依然還在龐然堅固的高牆之外奔走哭號，可這起驚天冤案的昭雪或許真的會像河北聶樹斌冤案一樣，而隨著冤死者的枉死一同死去。

隨著真兇落網、你的冤案被媒體曝光的這幾年來，類似於你的冤案接連曝光在公眾面前，何家標被冤故意殺妻入獄、王樹紅被冤故意殺人入獄、佘祥林被冤故意殺妻入獄、趙作海被冤故意殺人入獄……一個又一個與你同樣來自社會底層的國民，在公權力的肆意構陷蹂躪之下慘哭呻吟、陷身冤獄。你們是老實巴交的底層人，卻淪為這個國度的「不可接觸者」；你們是安分守己的公民，卻淪為受欺被擄的冤囚。司法的黑暗就像高天撒下的網羅般昏蒙無道，讓你們墜入陰暗可怖的監牢，即使再驚悚的冤情、再澎湃的輿論也無法讓司法脫胎換骨，而真正成為「社會正義的最後一道防線」。如果不在制度體系上進行實質性的、以保障民權為歸旨的革故鼎新，還會有更多的荒唐冤案呈顯於世，更多的無辜國民淪為冤魂，更多的冤聲哀哭晝夜不息。

到如今，你離開人世間已經整整十五年了，真兇落網也已經將近六個年頭了，你墳頭上的土堆早已被風吹雨淋沖刷殆盡。親人的眼淚也已流乾，鞋已磨破，可一紙還你清白的無罪裁決卻怎麼也等不到。如今是炎熱的夏季，你的墳堆四周想來瀰漫著濃濃的土腥味。再過幾個月，待到寒冷的冬季來臨，你的墳頭必會覆滿潔白如銀的積雪，那皚皚白雪一如你清白的靈魂。

寫於二〇一一年七月上旬

那個深夜死於血拆的長者

——祭山西太原農民孟福貴

他要倚靠房屋，房屋卻站立不住；他要抓住房屋，房屋卻不能存留。

又有人背棄光明，不認識光明的道，不住在光明的路上。殺人的黎明起來，殺害困苦窮乏之人，夜間又作盜賊。

——《約伯記》

1

> 拆遷者駕駛著挖掘機沖進孟家的新房，五十四歲的山西太原古寨村村民孟福貴被活活打死，成為中國又一個「血拆」犧牲品。
>
> 從上海到太原古寨村，一千三百多公里。孟建偉的起點，是盛世歡歌，此時上海的世博會即將結束，當地的報紙上根本看不到負面報導；而他的落點，是血腥暴力，距離父親被活活打死不到六個小時。兩個不同的世界，連接著孟建偉的人生。

上述這兩段話，源自二〇一〇年十一月的第四十三期《南都周刊》，標題叫作「帶血的拆遷」。

我從零八年開始為澳門的一家媒體寫時評專欄，有關中國問題是其中的主要內容之一。幾年來每當我準備專欄文章的素材時，發現對於一個評論中國時事的作者來說，「強制拆遷民宅」是一個繞不開的話題，為此我閱讀、收集了不少強拆（強制拆遷）甚至血拆（流血拆遷）的案例。

這幾年來中國在強拆領域出現了太多令世人感到震驚、駭目、匪夷所思、義憤填膺的事件，它們沈重地壓在我的心上，在日常生活中時常來折磨我的心胸。我常常想起這些強拆、血拆事件中受害者們的受苦和掙扎、傷心和絕望，每當想到這些，心就象刀割似的隱隱作痛，那痛感便止不住地在我的內心瀰漫了。

讀到上面《南都周刊》的這則關於一個山西農民因守護房屋、被十多個拆遷兇徒群毆致死事件的報導，是在一個寒冷的冬夜。那晚我獨自坐在書房，正是夜闌人靜的時候，室外天寒地凍，屋內很暖和，可我的心卻有如外面的霜凌般冰凍，悲怒的情緒，像漫天飛舞的沙塵般層層密密地包圍了我。那晚我決定日後要將自己的一些感悟寫下來，同時也為了祭奠你，來自山西太原的農民孟福貴。

又是大半年過去了，有關你的資料在我的書架上已經擺放了好幾個月，關於你的文章我一直沒有動筆，但我始終沒有忘記你的悲慘遭遇。今晚，有一種力量催促我坐下來寫出你的故事。我在書桌前凝神構思，翻出大半年前的資料，當看到你頭部、身上多處傷痕累累的死狀照片時，眼淚，再也忍不住了。

然而我必須暫時收起眼淚，盡量平心靜氣地寫出這篇關於你的文章，為了內心的悲痛，為了命定的責任，也為了你的蒙難，和這個時代許許多多與你遭遇同樣苦難的血拆受難者。

2

你是山西省太原市南郊晉源區金勝鎮古寨村的一名普通農民。古寨村，是你們孟氏家族祖祖輩輩繁衍生存的地方。

你是一個極普通的鄉農，勞碌一生，默默無聞。在你的身上，有著中國老一輩大多數農民的品性：老實、厚道、淳樸、謹小慎微、任勞任怨。從你兒子孟建偉為你拍攝的一張照片上，我看到了你的模樣：你倚靠著自家簡陋房屋的房門，坐在屋前的一張板凳上，面容憂鬱、愁苦，神情帶著幾分滄桑。

你只不過才五十多歲，兩鬢就有些發白了，顯出超過實際年齡的蒼老。你對穿著從不講究，平常總是穿著洗得發白的一件綠軍裝，常戴著一頂綠軍帽，身材瘦高，略微有些駝背，讓人一眼看出這是一個長年勞作的農家漢子。

你生前除了種地之外，主要靠賣豆腐為生，歲月轉眼間，你已經做了三十多年的豆腐了。每天清晨天還沒亮，你就起床了，然後進入豆腐坊幹活，一天每鍋大約能出品三十多斤豆腐，有時甚至能出四十多斤，近幾年來每斤豆腐能賣出一元錢，這樣每天的收入能掙上二十多元。

長年累月在豆腐坊裏的碾壓、浸泡、磨轉、擠兌、舀裝，使得你曾經挺直的脊背漸漸變得佝僂，豆腐漿汁的味道漸漸地變成了你的體味。你就靠著幾十年來晝夜不分地在豆腐坊裏操勞忙碌，讓一家五口人過上了溫飽的日子，也慢慢地將子女養大成人，甚至還培養出了一個復旦大學的博士生。

在兒子孟建偉兩次高考落榜、之後只得去做臨時粉刷工的情況下，你對他說，「去復讀，家裏供你」。第三年他如願考上了蘭州大學，大學畢業後被保研直博，進入復旦大學攻讀博士學位。

你們家是古寨村的一戶普通農家。你和妻子鄭淑榮共育有三個孩子：長子孟建偉，如今是復旦大學的微電子專業博士生；次女孟建芳，小學畢業後就放棄了學業，去了市郊小店區的一家工廠做雜工，工種是在流水線上用丙酮擦拭汽車散熱片；么子孟建龍，也是念完小學就輟學了，之後陸續打工，去年底又與二舅前往河南，當了一名焊工學徒。

當長子孟建偉入讀博士班之後，因為學費是免除的，加上每個月還能領取一千多元的生活補助，你們家的經濟狀況才開始有所好轉。可你依然保持著儉樸的生活習慣，你抽的是每包兩元錢的「芙蓉」牌香煙，這種最廉價的香煙成了你人生少有的樂趣。

兒女們對你的節儉印象深刻，「爸爸賣了三十年豆腐，從來沒上過飯店，也沒自己買過新衣服。」去年孟建偉給你買了件黑色的絲綢襯衫，寄回家後才發覺尺寸太小，但你仍像寶貝似的把衣服收藏起來。如今這件擺放在衣櫃裏的襯衫，依然是簇嶄新的。

你是一個勤勞的農人，也是一個盡責的父親。你平生最大的心願有二：其一是，希望能夠供三個孩子上大學。你自己讀書不多，只有小學文化，所以非常希望子女能夠讀大學。為此你起早貪黑地辛苦掙錢，但讀書成績一直很好的孟建偉上到中學時，昂貴的學費已經讓家裏無法承受，不得已妹妹和弟弟小學沒畢業就輟學了，兩個年幼的弟妹靠打工幫補家用，幫你一起支付大哥的學費，最終孟建偉一直讀到了博士。

其二是，在家裏建造一座新房。自你的三個孩子出生以來，你們全家便一直住在自己的老父親家，一家五口伴著祖父擠在一間僅二十多平方米的祖屋內，擁擠而又不便。

直到一九九七年，你才在村東頭申請到了一塊三分六厘的宅基地。宅基地批下來後，因為家裏窮，還要留存一筆錢供孩子讀書，這間房屋你們夫婦倆斷斷續續建了十多年。

村裏其他戶人家建房通常會雇傭施工隊，而你們家建房全靠你一人肩扛手挑。因為地勢低，建房需要高出兩米有余，於是你就每天賣完豆腐後，用手推車走到兩裏以外的地方，拉回來一車車的土和沙石，然後一車一車地自己壘好地基。就這樣拉、壘了將近整整一年的時間，你硬是把一個很大的窪地填平了。有時候妻子心疼丈夫就嘮叨幾句「悠著點」，可你總是大手一揮，向妻子解釋道：「我的娃要結婚，沒房子咋弄？」

你還不止一次地同妻子商量，等今後家裏經濟寬裕了，再將已建成的幾間平房加個二層，成為兩層樓房。妻子如今回憶道：「賣豆腐，供兒子上大學，節省下來的錢全都添補到這個房子上了。」

一晃十二年過去了，轉眼時間來到了二〇〇九年，你們家終於蓋好了一座共有五間平房的毛坯房。然而，你沒有料到，房子還沒來得及裝修，就在這時候，一場當地政府主導規劃的強制拆遷，摧毀了你最大的心願。

你更沒有料到的是，在村民們集體不予配合拆遷的情況下，拆遷當局會不惜以殺人的方式強行拆除房屋。你為了守護耗時十多年才蓋好的自家房屋，竟付上了生命的代價。

3

好端端的農村民房，地方政府當局為什麼要將之拆除掉呢？包括孟福貴在內的古寨村六十多戶村民，為什麼對這一拆遷工程不予以配合呢？在拆遷的工作進程中，當局又為什麼要進行暴力拆遷甚至不惜鬧出人命呢？事情緣由還得從頭說起。

據《成都商報》披露：「有關部門借口在搞太原濱河東路『南進西擴』，實質是要在他們村建豪華別墅『水域金岸』。打死人的黑保安公司，至少從去年開始就受雇於晉源區的國土、環保、執法、規劃乃至區政府等，幫他們『執行對違建工地施工的制止、維護重點工程建設等工作』，其中包括徵地、拆遷等。」（引自《成都商報》二〇一〇年十一月十九日）。

再來看《小康》雜誌的報導：「『大拆遷，龍城龍擡頭』這是二〇〇三年太原當地媒體上最為醒目的標題。這個被稱為『龍城』的城市，曾經有過兩千五百年的輝煌歷史，但是在中國近三十年的快速發展中卻名落孫山。在二〇〇三到二〇一〇年間，主政這裏的官員曾兩度變更太原市的發展思路，但唯一不變的城市發展方向卻是——向南。

這座城市快速發展壯大的路徑中，只有不斷向南，才可以把經濟開發區、新興商業區、甚至規劃中的省政府、市政府的辦公地點安放下來。……

按照太原市的城市規劃，濱河西路南延工程北起長風橋，向南一路延伸至晉祠賓館附近的迎賓路，全長約二十公里，計劃在二〇〇九年底建成。但這個宏偉計劃卻一度擱淺，按照太原市規劃局的說法，沒有按時完工的阻力就來自於途徑古寨村和龐家寨村不足1公里的路段，涉及村民的拆遷安置一直沒有做好。……不斷膨脹前行的城市需要壓縮的卻是村莊的權

利。」（引自《小康》雜誌二〇一〇年十二月二十九日）

從上述記者的報導看得出來，對古寨村村民房屋的拆遷，是太原市城區向南擴移的城市規劃的需要。拆遷遇阻的原因，乃因為地方政府壓縮了村莊的權利，也即惡意侵犯、嚴重損害了村民的合法權益。

那麼，損害具體又是如何實施的呢？

同樣從這兩份媒體的報導中我們得知，因先期補償款每平方米單價不足一千六百元，引起了村民的不滿和抵觸情緒。因為按照這一標準，村民所得的補償款買不起相同規格的宅基地，大多數村民認為這一補償安置標準太低。

之後更離譜的是，二〇一〇年九月，央視節目播放了一則「山西太原回遷房變別墅」的記者曝光報導：「因濱河西路南延工程建設，市政府將古寨村列入城中村改造計劃，劃出六百畝的回遷安置用地。村裏成立了山西古鑫房地產集團，自建的回遷安置房卻變成為公開對外售賣的別墅樓盤『水域金岸』，……」

村民們這才發現，原本屬於自己的回遷安置房，卻被偷梁換柱變成了公開對外售賣的別墅樓盤。這一侵占村民地塊利益的明顯違規樓盤經電視曝光後，讓原本就不同意拆遷補償標準的古寨村村民更加不滿。

並且，村民們看到提供給每家的安置房，「縮水」成了離村一里地之外的一棟兩層槽形預制板小樓，並且村民們反映「板壁太薄，窗戶小，沒人願意去住。」

到了二〇一〇年，隨著古寨村周邊的房地產價不斷上漲，補償款也升至每平米兩千六百元左右，此價格仍只相當於當時房價市場價的約一半，即便如此，在發放補償款給村民一事上出現了打白條現象。（作者註：「白條」，欠款單位開具的用白紙寫的非正規欠條。）

這一連串拆遷安置過程中損害村民權益的事件，引發了古寨村村民普遍的強烈不滿，和集體的抵觸。涉及古寨村的拆遷工程因此遇到阻力，陷入僵局。

但是，強勢而又頤指氣使的地方當局的權威，是須臾不容置疑、不容討價還價的。他們早已整裝待發，誓要蕩平一切攔阻，向著房屋衝鋒陷陣，並集國家機器之合力，對目標實施定點打擊或者斬首行動，然後分享戰果，與商人諸君痛飲爾。他們說：「拔掉釘子戶。」事就這樣成了。

強制拆除的最後通牒下達了，時間，是二〇一〇年十月二十一日。

這日，太原市晉源區行政執法分局向古寨村下發「拆除建設通知書」，並告知：「逾期不拆，將由區政府組織有關部門強制拆除，由此造成的一切後果自負。」之後，種種強拆手段接踵而來——

古寨村拆遷辦雇傭的保安人員在拆遷範圍的房屋的大門、外牆、窗戶上，用油漆噴上大大的「拆」字。

通知下發後，古寨村的路燈全部被關閉。有幾戶村民裝在自家房屋外牆上的電表，被人偷偷拆走。

村民武建國在不斷的威逼騷擾之後，被強拆了一套面積兩百九十六平米的房屋。

四天後，村民趙巧芳、張英峰因曾與幾十名村民集體到拆遷辦投訴噴漆、及質問七十歲婆婆被推撞在地一事，被晉源區公安分局以涉嫌「尋釁滋事」罪名刑事拘留。之後辦案民警和鎮政府經辦人找到趙巧芳的丈夫，對他要挾道：「你老婆被抓了，我們可以作交換。你簽字，我們放人。」。

五天後，趙、張兩人鄰居張廷清的房屋突然被強制拆除，家裏存留的電機、電焊機等財物也消失不見。張廷清在房子被強拆後去找區政府、拆遷辦、村委會，均稱「不知道是誰拆的」。

一年多前的七月，張廷清與太原市晉源區人民政府簽訂《補償安置協議》，雙方約定拆遷補償金額為二十七萬餘元，但截至房屋被拆日，張廷清未拿到一分錢。

得知武、張兩家房屋被強拆後，讓古寨村的村民開始變得更加惶恐不安。眾村民開始加強對房屋的防範，尤其是周圍沒有鄰舍的獨幢房子，是拆遷方重點鏟除的對象，故這些人家更是提高了警覺。孟福貴、武文元兩家也是獨幢房子，他倆相約連夜抱著被褥到尚未入住、空無一物的新房夜間守衛。

九天後，一夥人夜間持械翻牆入戶，夜間值守房屋正在睡眠中的孟福貴被活活打死，武建國被打成重傷。

觀乎此，整個強拆行動逐步升級，最終演變至高潮，發展到深夜持械翻牆入戶、入室行兇直接殺人、然後強拆民眾房屋的地步，如此暴行，實屬喪心病狂，無可比擬。

4

西諺云：「平民的茅草屋，風能進，雨能進，國王不能進。」十八世紀六十年代的英國首相威廉·皮特在一次演講中，談到房屋對窮人的重要性和神聖性時說：「即使是最窮的人，在他的寒舍裏也敢於對抗國王的權威。」也就是說，窮人雖窮，但他頭上的片瓦、和腳下的立錐之地，卻是連擁有至高權威的國王也不能任意侵犯的，因為土地和房屋是一個人最後的安全堡壘，是一個人最重要的財產，最私密的領域。

在現代社會中，只有打家劫舍的劫匪、欺天罔人的騙子才會肆意侵犯他人的房屋權。可是，當今中國被朱佩紫的官兵卻比劫匪更為兇悍，比騙子更為狡詐，他們以推土機為前鋒，以各種威逼利誘的條件為幌子，以國家暴力機器為後盾，手持械器後隨，以催枯拉朽之勢轟隆隆碾過民眾的房屋，雖房塌血濺也在所不惜，所到之處無不繳械降服，民眾哭嚎於廢墟瓦礫之上。有膽敢抗拒者，則以「妨害公務」、「尋釁滋事」等罪名問罪，或是往死者的身上潑上一盆「暴力抗法」的臟水。

這是一場不對稱的、輸贏立判的戰爭，這是一場赤裸裸的、明火執仗的掠奪，無數國民因此而家破人亡，或損失財產，或失去自由，甚至失去生命。托爾斯泰在他的長篇小說《復活》中有這樣的一句話：「在俄國，充滿壓逼，痛苦和野蠻的行徑。」依我看，在當下中國，將這句話中的「俄國」改為「中國」，是恰如其分的。

回首一部漫長的中國朝代史，自秦以後土地基本上實行的都是私有制，歷代王朝幾乎都允許平民占有土地、擁有房屋，這也是中國古典社會雖專制、但尚未走到奴役地步的重要原因之一。正因為這一史實，北京學者於建嶸在談到當今中國的強拆問題時，才如此地對記者說：「拆農民的房子，這個底線千百年來沒有人去突破的，我們不能跌破底線！」

可是當代的一甲子中國，從頭三十年的政治狂熱，蛻變為後三十年的經濟狂熱，進而墮入瘋狂逐利、貪求無厭、騁耆奔欲的深淵，成為官場「有官皆墨吏」的時代。在利欲熏心的官場氛圍中，什麼樣傷天害理的事情都幹得出來，什麼樣的人間公義都敢於踐踏，什麼樣的底線都敢於突破——又何況農民的一間房子？！

在二十一世紀的頭十年，強拆民眾房屋的暴行在「地大物博」的中華大地上長期、普遍地上演，不公平拆遷成為當代中國社會的主要矛盾之一，強拆衝突成為當代中國最顯著的社會衝突，強拆慘劇成為當代中國最淒慘的悲劇。血拆，這是中國網民新造的一個富於時代特色的詞匯，全稱為「血腥的暴力拆遷」，這兩個常見漢字的組合，道出了這個時代血淋淋的真相。血拆，既是對當代中國真實社會現狀的偉大發現，也是對當代中國社會現實無力的絕望的泣訴。我篤信，當後世人審視二十一世紀第一個十年的這段歷史時，就一定繞不開「血拆」這個詞匯。

強拆以理直氣壯的方式施行，強拆是以執法的名義，強拆打著公共利益的旗號，強拆被貼上發展大局的標籤。當年捷克作家米蘭・昆德拉抨擊蘇聯軍隊入侵捷克、武裝幹涉布拉格之春的改革時，斥責其是「以愛的神聖名義犯下種種暴行。」在當代中國，強行拆除民眾的房屋，也是以崇高的名義犯下的大面積暴行，是精心包裝的「以公共之名，行私利之實」的大範圍劫掠。在每一場拆遷的背後，都有著暴利的誘因。在每一間倒塌的房屋底下，都埋藏著巨大的利益。

去年九月《民商》雜誌刊載了羅筠的題為〈土地財政是如何形成的：官商合謀的簡單邏輯〉的文章，其中指出，「有統計數據揭示：土地用途轉變增值的土地收益分配中，政府大約獲得百分之六十到百分之七十，農民獲得百分之五到百分之十。徵地成本低，而拍地卻獲得了暴利。被拆遷戶的利益就在政府和開發商的合謀中被損害了。」另一位土地研究專家陳銘，則更具體地計算浙江省某區域土地徵收資料，所得增值收益的分配結果是：「政府為百分之五十六・九七，開發商為百分之三十七・七九，村集體經濟組織及農戶為百分之五・二四。」

經由學者們的學術論證，強拆到底是服務於民眾的公共利益，還是為了少數人的私利，可謂一目了然。基於此，北京學者王建勛明確指出，「大部分的拆遷都很難說是為了公共利益，相反，都是為了私人利益或者商業利益，或者少數人的利益。蓋一些商場，蓋一些商業樓，這根本不是公共利益。」職責原本應為服務公眾的地方政府，為了攫取房地產領域的巨大利益，不再是讓利於民，更不是為民謀利，而是淪為殺人越貨的強盜般競相與民爭利，赤裸裸地殘民以逞。

當公權力與商業手拉手結為盟友，合謀聯手對付擁有房屋立足土地的民眾時，這片土地便正如《南方都市報》對此事件一篇評論文章的標題——「故鄉淪陷，無人倖免」了。

5

此刻，我沈浸在對那個深夜的憶想之中，那是一個有罪的深夜，一個帶血的黎明。

在憶想中，我得以慢慢體味一個農村死難者臨死前的痛苦與殘喘，呻楚與煎熬，同時，藉以反思國人真實的生存境遇。那夜可怖的一幕，此刻猶如電影的畫面一般浮現在我眼前，如此的清晰，壓抑。

先來看那夜的先聲：二〇一〇年十月二十日，晉源區政府組織召開了規模宏大的拆遷動員大會。古寨村最後的六十多戶村民，成為擺在拆遷指揮部面前的「釘子戶」。

在這次會議上，晉源區領導對拆遷工作提出了硬性要求：在一周之內，必須完成對古寨村涉拆民房一半的強制拆除工作，也即一週內須拆掉一半的房子。按照這個指示，十月二十六日，濱河西路南延工程指揮部召開了一次拆前工作會議，經過綜合分析拆遷平面圖，決定首先對孟富貴和武文元兩家進行強行拆除。

十月二十九日下午，晉源區公安分局下屬的保安公司機動大隊負責人，在會議室裏召集手下開會，部署強拆方案，決定當晚深夜採取行動。

再來看那夜可怖的場景：十月二十九日晚，你和妻子正在家裏看電視時從村裏鄉親處獲得消息，說深夜可能會有人偷摸著要來拆房子。三天前，當村裏張廷清家房屋被強拆後，你和鄰居武文元開始相約去他家守夜，進行「鄰里互助，保衛房子」為目的的看家護院。於是當晚看完電視後，你前去武家進行深夜值守，看護兩家的房屋。

這夜午夜時分，深秋的村落萬籟無聲，霜覆大地。一場針對兩戶村民房屋的強拆斬殺行動，在夜幕的掩護下正悄然展開。

凌晨兩點左右，晉源區公安分局保安公司機動大隊的拆遷行動隊一行十多名青壯年男子，手持鎬把、磚頭等兇器，在事先明確分工、並約定撤退方式的情況下，兵分多路進入古寨村武、孟兩家進行強拆。

這夥人攜帶著鎬耙、磚頭等器具翻牆入戶，見到正在熟睡中的你和武文元二人，搗碎了玻璃便迅速沖進屋內，有人喊了句「往死裏打」。當時你們倆在睡夢中剛驚醒，還未完全清醒過來，立即就遭到這夥人一通兇狠的毆打，鎬耙、磚頭和拳打腳踢像雨點般落在你們倆的頭部、身上各個部位。

在被群毆的混亂過程中，你被人用磚頭砸到頭部，被人用鎬把猛擊到頭部，鮮血頓時從你的嘴邊、鼻子裏噴出，流到臉上，流到地面上。

你的頭部有著多處鎬耙擊打的印痕，你的牙齒被打落，口鼻滲出血汙，你的衣服被打破、撕爛，全身上下傷痕累累。由於兇徒用力過猛，毆打你的鎬耙都被折斷了。

在對你們倆進行兇狠殘忍的群毆過程中，家裏的壁燈一直都亮著。事後武文元說，「幸好那天夜裏屋裏的燈一直亮著，不然我們會被直接活埋的。」

當這夥兇徒打完後，見你們倆血肉模糊地躺倒在地不再動彈，以為你倆均已被打死了（其實武文元系倒地裝死，他因為屏息裝死得以撿回一條命，但被打斷了四根手指），有人搶走了你口袋裏的一部手機，有人翻摸武文元兜裏的鑰匙去開大門，想先拖你們倆出去，然後將房子用壓路機等大型工具推平。但是大門沒能被打開，這夥兇徒就用挖掘機在屋子的後牆掏了個大洞，將你們倆擡出屋外，丟棄到了路邊。

凌晨三點五十分，你們倆被聞訊趕來的村民送往山西省太原煤炭醫院急救室進行搶救。當時接診的急診科醫生事後回憶說：「病人送來時是昏迷的，呼吸一陣快一陣慢，上了呼吸機，自主呼吸就停止了，過了一會兒心跳也沒了，連去拍片都來不及。」

這時候的你，手腳已經不能動彈，嘴巴不能言語，只有喉管裡發出的微弱的唉哼，心跳非常的微弱，幾乎都顯示不出來了。可是你在迷迷糊糊中頭腦裏有個微弱的念頭，想見孩子最後一面。你拼命地努力撐著，但是生命的氣息一點一點地從你的身上流逝，你怎麼留也留不住。

送入醫院半個多小時以後，聞訊趕來的你妻子踉踉蹌蹌地趕來你的床邊，她只看到你「已經不能說話，張著嘴，『嗬嗬』地向外吐氣。」

凌晨五時十分，醫院宣布你的死亡消息。急診卡上記錄的初診死因是：頭部外傷，腦挫裂傷。致命傷來自後腦，在那裏留下了數處雞蛋大小的骨坑。

屍檢報告顯示出，你的顱骨碎成了十一塊——這是何等的用力、狠毒和兇殘！此時，天仍是漆黑一片，黎明時分快要臨近了。大地上籠罩著一層白茫茫的霜霧，一輪冷月在密雲之間浮動，它好似不忍看這一幕。

一個體格健壯的中年漢子，在深夜就這樣被強拆行動隊給活活打死了！

一個靠務農和磨豆腐養家糊口的農民，一個含辛茹苦撫育三個子女長大成人的父親，一個僅僅與村里六十多戶村民一道要求公平拆遷待遇、為保衛自家房屋深夜值守的村民，當鎬耙掄起，磚頭揚起，你倒在地上，身上血肉模糊，鮮血流淌，頭骨碎裂。你指望公義，卻被地方當局指使打手以公共利益的名義殘忍地殺害了！

你死於深秋的村莊，死於一個靜謐的子夜。你的死讓我想起張恨水的章回體小說《現代青年》裏的人物、主人公的父親周世良，也是一個終生靠賣豆腐為生、供孩子念書的勤勞忠厚的鄉下農民。只是他死於貧病交加，而你死於弊政。我又想起了茅盾在他的歷史小說《豹子頭林沖》裏的一句話，那也定然是你臨死前的憤慨：「什麼朝廷，還不是一夥比豺狼還兇的混賬東西！還不是一夥吮咂老百姓血液的魔鬼！」

因為橫遭毆死，你至死也沒能在自己耗費半生心力建好的新房中住上一天。你建房為了能讓兒子娶上媳婦，卻沒能看到你兒子成家的那一天。

你才剛剛年過半百，本該還有很長的一段人生路要走，本該等到兒女成家立業了之後不再那麼辛苦操勞，可以安享晚年、享受含飴弄孫之樂，然而，這一切均被鎬耙和磚頭給扼殺了。忙碌半生的你，再也沒有機會坐在自家院子裏悠閑地抽一根煙，再也沒有機會接受妻子的悉心照料、兒女的盡孝膝下。

那是你們全家最悲痛的一天，你在黎明時分撒手人寰之後，你的妻子因為遭到突如其來的打擊而病倒，隨後因心肌梗塞發作入院救治。你的長子被迫中斷在復旦的學業，趕赴家中料理後事，你的次女和三兒子從廠裏請假，急忙從外地趕回家。一家人陷入悲憤之中，茫然不知所措。

你慘遭虐殺的地方山西太原，是我十多年前因報考行政法學專業研究生、乘坐火車去過並停留數日的地方。那幾日的太原曾給我留下純樸美好的印象，如今，變成噩夢。我曾對行政法學這一研究如何控制、限制政府權力的學科下過一番功夫，如今面對你的慘死，想到我曾經浸淫的專業，我深感失落，唯有為你哀哭。

你死於萬眾隆慶的日子，這一天是二〇一〇年的十月三十日，這一天將要載入史冊。這天，在你長子求學的城市上海，一場舉國襄助的盛會——上海世博會即將閉幕，據說這是世界博覽會歷史上最大規模的一場盛會，據說這屆世博會的主題是「城市，讓生活更美好」，據說這屆世博會的理念是「以人為本」，據說這屆世博會的五個副主題之一是「城市和鄉村的互動」。這天有曼妙的歌舞演出，還有煌煌的致辭頌讚。而你，孟福貴，一個居於山西太原南郊村莊的農民，在公權力運籌帷幄、精心策劃的群毆之下死掉了，因著城市規劃的需要，因著公共建設的需要，因著城市化道路的需要。你死的時候渾身上下傷痕累累，並且死無全屍，頭無完骨。

這是一片遍布罪孽的土地，讓我不由聯想到聖經中迦勒底人靠暴力掠奪、殺人流血建立的城邑。近年來死於血拆的公民僅是見諸報端的就絡繹不絕，四川成都市民唐福珍為阻止強拆自焚而死，江西宜黃三人拆遷自焚葉忠誠死亡，雲南曲靖居民嶽喜有在拆遷現場被圍毆致死，湖南株洲農民汪家正為阻止強拆自焚而死，湖北武漢七旬老婦王翠雲因阻止強拆被挖土機鏟土活埋致死，河北平泉農民闆海因阻止強拆被鏟車軋死，江西贛縣村民謝紹椿因阻止強拆被挖掘機碾壓致死……

在這片充滿不義的土地上，你們就像通行叢林法則的草原上將要被獅狼虎豹咬噬的羚羊，然後，命喪黃泉。你們用血淋淋的慘死讓國人看到，一國之法律首先需要制衡和約束的，不是像你們這樣的平民，而是公權力這種「必要的惡」；這個國家要緊的不是以暴力機器來對付你們，而是應首先將掌權者關進籠子。

6

在你慘遭殺害之後，媒體為之譁然，這一血拆慘案以其極度兇殘再度震撼國人。你的長子孟建偉開始在網絡上撰文呼籲，以尋求輿論支持，他的母校蘭州大學和復旦大學的校友們發出聯合聲明，督促地方當局依法處理本案，最終兇徒十多人在案發後三個月內受到了刑事追究，但是兇案的幕後指揮、組織策劃者在刑事審判中成了「漏網之魚」。

儘管孟建偉「希望幕後指使打人的官員能得到應有的懲戒」，儘管庭審時數名被告當庭檢舉他們的行為系受政府指使，並曝出「區警方要求作假」的內幕，儘管孟建偉的代理律師提出十多名被告是在地方政府授意下犯下罪行的，政府部門的有關責任人應為此承擔刑事責任，公訴方僅僅起訴一線打手具有明顯的包庇嫌疑，儘管媒體一再呼籲「不能放過太原市暴力血拆的幕後黑手」，但最終，本案的刑事責任追究部分仍是止步於此。種種跡象表明建制受轄於地方當局的司法機關，正欲竭力抹除掉「替罪羊」背後更高層面的政府背景，而不惜罔顧法律、踐踏法治，使得本案的真相仍是沒能全部揭開，輿論呼籲的司法正義對於這起命案來說仍是猶如「白雲在青天，可望不可即」，讓人喟然長嘆而又莫可奈何。

自你被害之後三個月，過去被認為是「惡法」、「血染的條例」的《城市房屋拆遷管理條例》被廢止，新出臺的《國有土地上房屋徵收與補償條例》開始施行，這是一部稍有進步但仍存在巨大缺陷的法規，學者和媒體人質疑聲不斷。雖然強拆現象早已引起民眾的公憤、媒體的聲討和學術界的批判，但是出臺新法規仍然不能阻止拆遷衝突不斷升級的趨勢，各地政商的拆遷利益鏈條依然所向披靡，各地對民眾房屋土地的爭奪依然如火如荼，孟建偉所祈願的「希望父親是全國暴力拆遷的最後犧牲者」，只能成為無法實現的奢望。

在你死之後的這大半年來，類似於你的血拆慘案不斷地在各地上演，有在強拆現場被毆打致死，有因強拆上訪無望自焚而死，有因阻止強拆被活埋致死，有因阻止強拆被挖掘機碾壓致死，有應邀赴宴協商拆遷事宜在飯桌上被刀捅死……這片土地上無數原本安穩居家過日子的民眾，在推土機的強勢推進下拱手而降，慘哭無援。你們那曾經溫暖的家，一瞬間變成斷瓦殘垣；你們本應是這片國土上的主人，卻淪為受逼迫的將宰的羊。

瘋狂的強拆就像急驟的暴風般在大地上肆虐狂舞，所刮卷之處你們的房屋和血肉之軀搖搖欲墜，你們冤屈難伸，你們沒有避難所。就算再駭人的血拆慘劇，就算不斷推出新的法律，也阻擋不了各地拆遷利益集團的侵欲無厭、其欲逐逐。如果不矯正這個國家的發展思路，不將政府職能重新歸位為保障民權，不對公權力建立起分權與制衡的機制，一起又一起的血拆悲劇還將難以避免，一聲又一聲的淒厲哭號還將哀鳴不絕。

如今，你離開人世間已經大半年了。你曾經長年陪伴的豆腐坊已不再轉動，你生前唯一的那件絲綢襯衫已無人穿起，你生前居住的村莊已失去往日的寧靜與祥和，流經這裏的汾河也已日漸幹涸。

你離開的時候正值深秋，轉眼間如今已是盛夏，歲月與年華共增，親人對你的哀傷和思念卻從未停止。你被安葬在村莊西邊的一處陡坡的墳崗裏，黃土枯草叢中，如今這裏再無人侵擾，也再無需加以防範。這裏是你祖祖輩輩生存的土地，這裏是你寧靜的家園。

寫於二〇一一年七月十四日至七月二十三日

那個被城管圍毆致死的涼粉小販
——祭四川嶽池縣農民、重慶小販劉建平

打人以致打死的，必要把他治死。人若任意用詭計殺了他的鄰居，就是逃到我的壇那裏，也當捉去把他治死。

我遭遇災難的日子，他們來攻擊我；但耶和華是我的倚靠。

——《出埃及記》、《撒母耳記下》

1

很多人記得的二〇〇八年八月，是一場在北京舉行的十六天體育運動會，場面隆重壯觀，聲勢浩大。我記得的二〇〇八年八月，是一則對一起新聞事件的廣泛媒體報導，事件駭人聞見，令人切齒。

事件的發生地，在中國的西部城市重慶。那是這年七月底的一天中午，重慶市渝中區的幾名城管在執法過程中，對一名占道經營賣涼粉的小販進行圍毆，當場將其活活打死。小販的名字，叫劉建平。

一時間海內外輿情滔滔，各地媒體紛紛予以報導、評論，《南方都市報》更是以近乎一整版的篇幅報導案情。黑體粗大的標題格外醒目，讓讀者不由心驚膽顫——「重慶三城管當街打死賣涼粉攤販　警方已控制嫌疑人」。

讀到這則報導，儘管是在炎熱的盛夏，我的心裏仍然感到一陣寒噤，不禁泫然淚下。在學術領域，行政處罰制度是我一直比較關注的問題，我的本科畢業論文，探討的就是如何將行政處罰制度朝向公正、合理的方向進行改革的。也因為此，城管制度，作為中國行政處罰領域弊端最明顯、昏亂現象最多、也最受民眾詬斥的一種制度，自然是我較為關注的。

這些年來，我陸續讀過一樁樁的城管惡性執法事件，看過一幅幅猙獰的城管執法圖片，對於我來說，這是生命中一件必須去做的事情，也是一種痛苦顫慄的經歷。好幾次坐在書桌前，我渾身發顫，那些城管暴力執法行徑下的一個個受難者們，彷彿正透過圖片上的光暈向我默默對視。那一雙雙眼神充滿了無助和哀楚，恍惚間我感覺跟他們的距離並沒有現實中那麼遠，而是離得很近、很近。

我漸漸、漸漸地開始懷疑，自己過去單純從學術角度去看中國的行政處罰問題，許是過於膚淺了。我也漸漸地明白到，在我的生命裏，永遠也寫不出能夠配得上他們苦難的文章。

被這麼多可怖的事件壓在心頭，被這麼多淒慘的生命註視著，到今日我已經不能不動筆，去寫出一點文字，以祭獻給一個遙遠的孤單的靈魂。

2

文革後期，你出生於四川省廣安市嶽池縣一個偏遠的農村家庭。你的父母都是老實巴交的農民，家中有兩個孩子，在你之下還有一個弟弟。

不幸的是，母親在生下你的弟弟劉大林後，突然間就患上了精神病，失去了生活自理能力。從此後，一家人的生活全靠父親務農勉強維持。在一九七〇年代那樣一個物質極其匱乏的時代，全家人的生活過得拮据而又艱辛。

你的家鄉在四川盆地東部，位於有「小峨眉」之稱的華鎣山西麓。這裏地處川東北，東南邊毗鄰中國西南地區的最大城市重慶。奔騰不息的嘉陵江、岷江均從嶽池縣境流過，然後迂迴地向東流去。

你從小就言語不多，性格內向、溫順，甚至有些懦弱。可是你頭腦靈活、勤勞、節儉，並且很能夠吃苦耐勞。在弟弟劉大林的印象裏，哥哥建平從來沒跟人有過口角，更別說打架了，受了別人的欺負，也常常一聲不吭地一個人躲在某個角落生悶氣。

十三歲那年，即一九八六年，迫於家中生計，當年小學還尚未念完、一臉稚氣的你就輟學外出打工了。當同齡人還在學校裏讀書、在父母懷裏撒嬌的年紀，你就已經憑靠雙手謀生了，甚至於，小小年紀的你還承擔起了一部分的養家責任。這年的你成了一名自食其力、獨立生存的打工少年。

十六歲那年，即一九八九年，你輾轉來到了重慶市區。你在位於渝中區兩路口附近的健康路暫時安定了下來，靠修補皮鞋為生，這是你前幾年打工生涯中跟別人學來的一門手藝。

因為收入微薄，除了做鞋匠之外，你還不斷地四處找活幹，或者在鞋攤旁提供其他的服務。你斷斷續續地做過下水道疏通工、清汙工、棒棒（作者註：重慶街頭的人力挑夫或臨時搬運工的一種俗稱）等工作，你還在鞋攤旁擺設過配鑰匙機、豆漿機、水杯，等等。只要有可能掙到一點收入的活，再苦再累你都願意去幹。勤勞的你，成了中國經濟改革進程中城市裏數以億萬計農民工中的一員。

就這樣經歷了許多年，你靠著鄉下人吃苦耐勞的精神，在這座城市裏得以糊口、生存。你常常夢想著有一天，能夠在這座城市裏結婚生子，成家立業。

二十九歲那年，即二〇〇二年，你終於結婚成立家庭了。妻子袁躍美，是重慶市大足縣的一個普通農家女兒。你倆於這年的春節在她堂妹家初次見面、認識，她對你的第一印象是，「人看起來比較老實」。

婚後的你是一個體貼妻子的丈夫。妻子患有肺結核、骨結核病，喪失了部分勞動能力，不能做重體力勞動，婚後你除了承擔起養家的責任以外，還包攬了幾乎所有的家務——你成了家中的頂梁柱。因妻子很少外出工作，婚後你們夫妻倆的經濟狀況十分窘迫，但你總是以自己年輕、身體還很健康為由來安慰妻子說，日子會慢慢好起來的。

從相識的那年起，每年逢到妻子生日，你都會記得在家裏為她慶祝。你會提前買來一盒生日蛋糕，和生日蠟燭，在妻子生日當天，你還會親自下廚做擀面下鍋，將一碗熱氣騰騰的長壽面端到妻子面前。

當妻子偶爾抱怨你窮得連洗衣機也買不起時，你總是會回她一句，「我就是你的永久牌洗衣機」，讓妻子轉憂為喜，不由撲哧一笑。看到妻子羸弱的身子，你經常對她說：「我必須死在你後頭。」——因為你擔心，自己死後沒人照顧病弱的妻子。

隨著兒子丁丁的出生，你們夫妻倆的感情更加加深了。但因為收入微薄，一家人的生活條件相當窘促。你們一家三口居住在重慶市渝中區上大田灣的一個「筒子樓」（作者註：中國大陸的一種簡陋、昏暗、狹窄的城市居民樓結構）裏。那是一間沒有廚房和衛生間的租賃房，你們夫婦租下的房子原本是兩居室，但由於家裏經濟狀況不好，這間房的裏間又被你倆轉租給了他人。

你們用櫃子將這間面積僅七平方米的房間隔成了兩段，靠窗一側僅容下一張大床，那是你們夫婦的棲身之處，靠門一側則兼容了客廳、廚房、雜物間、兒子的臥室等多種功能。

在這個簡陋的家裏，一家人的生活雖是清苦，卻也時常其樂融融，並且，你們對生活依然有著改善的憧憬和盼望。你常常對妻子說，你會努力掙錢，你要讓全家人真正過上城裏人的生活。

歲月來到二〇〇八年三月，因為生意清淡，這年初春你決定改行。你做起了沿街賣涼粉、涼麵的攤販小生意，因為在這之前你發現，賣涼粉、涼麵比起其他的營生來說掙錢要稍稍容易一些。

這年春天你僅僅做了三個月，便有了兩千多元的盈餘。每當夜晚數點自己白天掙來的錢時，你常感到有點兒莫名的興奮，覺得這樣做下去肯定能夠逐步改善全家人的生活，一家人的日子有了盼頭。

可是你沒有想到的是，正是這個街頭的小本生意，竟讓一場滅頂之災降臨到了你的頭上。置你於死地的，是一支標榜「執法為民」的政府公務隊伍——城管。

3

十四年前，一個全新的公權力機構在中華大地上橫空出世，它就是城管。它的全稱，為「城市管理綜合行政執法局（大隊）」。

城管一路走到今天，已成為當代中國社會的一大負面新聞源，不時就會傳出掀起輿論風暴的惡性新聞事件。

它不是暴力機器，卻擁有準武裝力量，威風凜凜，所向披靡；它的存在，並沒有合法的依據，卻顯得理直氣壯，肆無忌憚；它的權力來源，缺乏正當性，卻很不識時務，總是耀武揚威，橫衝直撞，像是脫了韁的野馬般恣肆狂奔，鐵蹄所踏之處貨翻攤倒，人傷血流。又像是呼嘯而來、呼嘯而過的一陣颶風，這支召之即來、來之能戰、戰之能勝的公權力隊伍所到之處，總能斬獲豐碩的戰利品。留下來的，是人們對它的驚恐和義憤。

這十四年間，在中國城鎮的大街小巷，經常會上演這樣一幕獨特的場景：一輛標有「城管執法」的車輛不知從何處駛來，嘎然之間就停在了街頭擺攤的小攤販面前。穿著制服的城管隊員們、或是不穿制服的所謂城管「協管員」們，以迅雷不及掩耳之勢蜂擁而上，向著攤位衝將過來，迅速將攤位上的物品打翻在地，將攤位上的若幹器具用品（小推車、工具、食物、小商品等）強行奪走、沒收，再橫七豎八地拋上執法車，將搜出來的銷售現金當場予以罰沒，然後載著戰利品開車揚長而去。

在這極其混亂的過程當中，很多的小攤販都會向城管苦苦哀求，請求給自己留下一點營生的工具物品，雙方免不了一番論辯、爭奪、拉扯、推搡。在「執法」無法順利進行的情況下，此時城管立時會對攤販群起圍毆，一時間大打出手，有時還會毆打圍觀者，常常將攤販打得遍體鱗傷，甚至於當場打死。

如果引來路人的圍觀，圍觀人群通常會對小攤販的被搶被打產生同情，對城管的野蠻暴力行徑感到憤怒。在不少的場合，圍觀者會群起將城管隊員團團圍住，加以指責，掀翻城管的執法車，要求城管向攤販道歉、或報警要求警方處理、要求追究城管的傷人行為。——這，就是國人熟知的城管「打、砸、搶、踢、掀」的執法模式。

城管的執法行動關涉攤販的基本生計，由此衝突幾乎是必然的，這時該如何應付局面？——暴力！

城管作為一個法外機構，它的設立、執法依據、行為模式缺乏法律依據和正當性，這時該怎樣才能顯得自身腰板硬、底氣足？——暴力！

城管發展到如今的這十多年來，在公眾心目中的形象每況愈下、日漸崩塌，時至今日幾乎已成為人人憎惡、唾罵的執法機構，這到底是什麼原因？——還是暴力！

幾年前，一本被稱為「流氓培訓手冊」、「最缺德的損招」的名為《城管執法操作實務》書籍被網民曝光（該書封面上方註明系北京城管局培訓教材，國家行政學院出版社出版，著者系城管培訓「課題研發組」）。令人驚異的是，書中在講述「城管執法過程中的分寸把握」時，該書竟教導城管隊員在執法受到暴力侵害之際，要「控制住相對人的肢體，使他在短時間內動彈不得；最好是幾名城管一起行動，一次性控制住相對人身體，要達到招招見效，不給相對人以喘息的機會；……」

在「反暴力抗法的局部動作」一節中，該書教導城管隊員如何做到「以暴制暴」時不留下把柄：「注意要使相對人的臉上不見血，身上不見傷，周圍不見人，還應以超短快捷的連環式動作一次性做完，不留尾巴。一旦進入實施，阻止動作一定要幹淨利落，不可遲疑，要將所有力量全部用上。」該書還教導城管隊員，要「意無雜念」，同時「不要考慮自己會不會把相對人弄傷，此時應達到忘我的狀態。」

作為首善之區的北京城管尚且如此暴力，中國其他地區的城管執法更可以想見了。難怪有網民用百度搜索「城管」的釋義，得到的解釋是：「一、名詞，專門欺壓弱勢群體的黑社會組織，二、動詞，等同於打、砸、搶。」

不僅如此，城管的暴力執法形象還遠播到了國外，使得「城管」一詞成為國外不少媒體報導中的熱門詞——英文將它翻譯為「chengguan」（作者註：城管的漢語拼音），成了英語單詞的新外來語，也成了「暴力」的同義詞。

遭到公眾普遍詬責的城管執法形象問題，也開始進入學術研究者的視野。中國政法大學行政法研究所的何兵教授在〈必須卸掉城管的武裝〉一文中說：「一些地方的城管不僅配備棍棒，而且開始配備ＰＤＡ終端、防刺背心、頭盔、防割手套、辣椒水……武備越來越重，暴力趨勢越來越明顯。」

北京法學學者、人權活動家滕彪先生在他那篇廣為流傳的《夏俊峰案二審辯護詞》中，鑿鑿有據地指出：「城管野蠻執法人所共知，城管打人事件幾乎天天都有，而城管毆打公民致死的案件也不在少數。在互聯網上Google『城管 野蠻執法』有二十六萬一千條結果，『城管打死小販』有六十萬兩千條結果，『城管 暴力 致死』有七十八萬兩千條結果。」同時，他還列舉了近十年來城管暴力執法致死的部分案例：

「二〇〇〇年九月六日，四川眉山縣城市管理監察大隊管理中隊鄭光永、吳順乾、駕駛員張衛東等人上街整治亂擺攤設點將杜某亂拳擊傷，唐德明被甩下貨車身亡。

二〇〇一年五月二十九日，寧夏靈武市城建局城市監察大隊執法人員強行沒收鍋灶時，將楊文誌打死，並打傷楊建榮夫婦等人。

二〇〇一年十一月十二日，因與市容執法人員發生爭執，安徽宿州市個體工商戶張福才在多名執法人員的推搡與踢打中身亡。

二〇〇二年一月十八日，重慶市沙區城管人員在檢查市容衛生過程中與沙區雙碑村陳家連生產隊的個體戶余波發生爭執，開執法車從余波腹部碾過致其死亡。

二〇〇二年十一月十八日，二十六歲的青年郭戰衛在西安被蓮湖區數名城管毆打致死，與他同行的一名跟車青年也被打成重傷。

二〇〇三年一月二日，廣東潮州市庵埠鎮一名三輪車伕在與幾名城管人員爭執中喪命。

二〇〇三年二月，西安市雁塔區城管在小寨興善寺東街清理占道經營時，一工作人員竟將擺攤的孕婦金昌艷推倒在地，並在金的肚子上踩了兩腳。後經醫院檢查，金昌艷腹中的胎兒不幸死亡。

二〇〇四年七月二十日，廣州天河區員村街道辦城管人員在野蠻執法過程中將外來商販李月明打死。

二〇〇五年七月二十日，經營蔬菜的五十六歲江蘇農婦林紅英被城管人員打死。

二〇〇五年十一月十九日，江蘇無錫城管打死小販吳壽清。

二〇〇六年二月十六日，上海市普陀區城市管理監察大隊第九分隊將上海市民李秉浩毆打致死。

二〇〇六年十月九日，廣西來賓市象州縣的一名流浪漢被喝醉酒的城管隊隊長覃宗權毆打致死。

二〇〇七年一月八日十五時四十分左右，山東濟陽縣經一路宏偉酒業經營部老闆李光春被十一名城管打死。

二〇〇八年一月七日，湖北天門竟陵鎮灣壩村魏文華路過該市竟陵鎮灣壩村時，發現城管執法人員與村民發生激烈衝突。他掏出手機錄像時，被城管人員當場打死。

二〇〇八年七月三十日，重慶市渝中區兩路口綜合執法大隊的周某等四名執法人員在大田灣體育場附近將正經營的攤販劉建平毆打致死。

二〇〇九年三月三十日，江西萍鄉市開發區橫板村十六組村民陳某被該區城管人員一、二十人群毆致死，事後家屬擡著屍體封堵了境內三二〇國道路段，抗議城管暴行，引發近萬名群眾圍觀。

二〇〇九年十月二十七日，昆明市福發社區城管分隊在野蠻執法時與一三輪車夫潘懷發生衝突，並將其打死。

二〇一〇年六月一日，深圳城管與老太發生爭執活活碾死老太。

4

我在這張名單上嗅到了一股濃濃的血腥味，和一絲難言的恐怖氣息。這些城管執法的暴行，堪稱殘忍而又下作、暴戾恣睢的人間罪惡；這些可憐的受難者們，以他們悲慘的死亡，為十多年來擢發難數的城管暴行留下了歷史見證。

面對這些披著執法外衣的一系列暴行，我想起了埃及神話中那個綽號為「力量之主」、被埃及人視作邪惡和災難的化身的罪惡之神——塞特。就像塞特的形象是長著長方形的耳朵、和彎曲凸出的長嘴的醜狀一般，當代中國的城管在這片土地上不斷展示著人性的醜惡和猙獰、權力的傲慢和冷酷。

他們彷彿邪靈附體似的，不斷地念叨著「管他什麼真、善、美、人性、溫情、憐憫，既然下手就應該狠一點，再狠一點！」，或者幹脆如深圳的城管隊員在「執法」時高呼：「我就是土匪！」，或者像湖北城門的城管集訓和「執法」時喊出「打出城管威風」的口號。他們的確不是什麼自我標榜的「人民公僕」，而是一群明火執仗的虎狼之師，一臺隨時會向民眾尤其是底層民眾發動不義之戰的暴力機器。

這些城管隊伍所謂的「執法對象」，這些像枯草一樣被損害被欺凌的人們，他（她）們並不是正在作案的案犯，或是正在潛逃的犯罪嫌疑人，也不是在城市街頭尋釁滋事的地痞流氓，他（她）們是掙扎於城市邊緣地帶、艱難謀生度日的底層民眾，是這個國家中最貧窮、最弱勢的群體。他（她）們當中的許多人食不果腹，衣不蔽體，卷席而居，家人看不起病，孩子上不起學，老人養不起老。

然而，他（她）們並沒有在坐等或要求政府施恩救濟，而是選擇了自力更生、自食其力。他（她）們只不過為了生計而設攤經營些餐飲小吃，或是在街頭巷尾擺地攤賣些小商品，或是幹些體力活比如蹬三輪車載客，或是拾荒撿垃圾換取些微薄收入。可是，在某個日子猝然之間災難就臨到了，他（她）們一次次地在自己的國家中驚慌而逃，狼奔鼠竄。他（她）們的鍋碗被砸爛，攤位被掀翻，器具被收繳，現金被罰沒，身體被打傷，甚至被打死。

城管制度在中國施行的這十多年來，如此的暴力行徑無日不斷地在這個國家中或輕或重地發生著，至今還橫行逆施在這片土地上。中國城管搶人謀生器物，砸人謀生工具，斷人謀生之路，榨取貧窮百姓，欺凌底層民眾的惡行孽債，實乃罄竹難窮，覆載所不容。

中國城管逞施的這種「打、砸、搶、踢、掀」底層民眾謀生器物的「執法」模式，背離了一個人類從蒙昧社會、野蠻社會到文明社會的進程中逐漸形成的法治原則，那就是：任何涉及處罰、稅收、債務或其他法律糾紛的案件，均不得侵犯人民為維持符合人性尊嚴的最低生活所必須的財產。

基於這一原則，在任何一個文明社會裏，均不得拿走人民賴以謀生的器物工具。在任何一個崇尚法治的國家中，權力必須在每一個社會成員的求生面前止步。

早在十四世紀，英國的法官就按照這一原則精神審判案件了。在一個皇家稅務官扣押私人財產（一頭牛）引發的返還財產的案件中，法官判決持有國王豁免信件的皇家稅務官敗訴，其應將財產返還給原告。

基於對這一法治原則的理解，臺灣大學法律學院及公法研究中心的葛克昌教授在他的學術論文中，有過這樣的學術論述：「個人及家庭生存所需之最低生活基準，應為課稅禁區」、「就最低物質及文化水準之下，加入課稅之侵害，因危及生存權，縱其所受侵害之程度極微，亦有背於公共利益與社會安全。」

自古以來，在有著漫長彌久歷史的華夏中國，小商攤販都是中國社會的一個組成部分，歷朝歷代的官府長期對之採取允許其合法存在、由自由市場進行調節的態度。譬如在漢朝，朝廷就採納了儒生董仲舒提出的「不應與民爭利」的思想，讓官員之外的百姓有利可圖，養家糊口，維持生計；又譬如在宋朝，拿那幅寫實風俗畫的傳世之作《清明上河圖》來說，描繪的就是北宋京城汴梁及汴河兩岸繁華熱鬧的市場景象，畫卷的市集上眾多的各色小商小販栩栩如生，令人目不暇接。

國外的情況又如何的呢？對此，上海學者顧則徐在〈城管是個不利於民生的怪胎〉一文中說：「從全世界來說，也就中國有所謂的城管。全世界沒有城管的大部分的城市比我們一般的城市更衛生、更安全、更和平」。

去年病故的憲法學學者蔡定劍教授，在一篇長文中如此闡述：「世界各國在工業化、城市化的過程中都會出現大量人口湧入城市的現象，但都沒有像中國一樣建立城管來對其的經營加以管制和取締。」在對城管制度的弊端進行了一番學術論證之後，這位專攻憲政制度的學者憤然感嘆道：

「政府執法的目標決定不要走向加強暴力，那些呼籲要通過加強立法使城管合法和讓城管變成第二警察的思路是行不通的，因為這樣的路是與人民為敵的道路，是加劇政府與老百姓矛盾衝突的路，這樣的執法是與人民根本利益背道而馳的。」

那麼，上個世紀九十年代後期以來的當代中國，為什麼要施行這樣一種既違背中國傳統、又背離人類現代法治文明的執法機制，一種被媒體和學者稱之為「城市公害」、「社會毒瘤」、「不利於民生的怪胎」的制度呢？

長期關注當代中國的倫理和社會問題的四川學者肖雪慧先生，在其文章〈城管象徵了什麼——再談城管〉中，她是這麼說的：

「這個機構的創設目的。在人們可觀察和直接可感範圍內，目的至少有二：扭曲的政績觀衍生出來的城市面子和政府部門與民奪利的需要。

這兩種目的，理念上與民生相悖，現實中跟民眾權益、特別是底層民眾的權益直接對立。完全不以民生為念的城市面子把底層民眾低成本的生存環境當成有礙觀瞻的，必欲掃蕩除之而後快；缺乏有效制約的公權機構，與民奪利的欲望沖動既在低價徵地、野蠻拆遷之類事情上表現出強烈攻擊性，也表現為對一切謀生渠道的控制和設租收費。由此產生的種種尖銳問題，已有的機構顯然不足以、也不便應對。於是城管應運而生。」

說得再清楚不過了。設立城管制度，為的是地方當局政績工程的需要（追求市容市貌的美觀、統一，追求所謂的城市現代化），或城市管理的需要（追求所謂的城市秩序，故要驅逐街頭攤販），或與民爭利的需要（靠收取費用、罰沒款項謀取單位及官員個人利益），或城市建設的需要（譬如讓城管充當強制拆遷的急先鋒、打手），或城市規劃的需要（譬如所謂的「改造城中村、貧民窟、城鄉結合部」），或地方當局貫徹自己意志的需要（譬如追求所謂的維護穩定的執政目標）。

這一切催生城管、維持城管的現實考慮，導致政府機構臃腫的現狀不但得不到解決，反而又多了一個龐大的爭利機構——城管，導致原本就受到限制的民間自由度更為緊縮，也導致中國社會原本就處於困境之中的底層弱勢群體的生存狀態，日漸出現惡化的趨勢。

可是今天，在二十一世紀第二個十年的起始年份，能否容我問一句，為什麼，就為了追求所謂井然的城市秩序、良好的城市外觀，就非得要斷了成千上萬底層民眾的謀生之路，堵了成千上萬弱勢群體可憐的那麼一點希望？為什麼，我們這個國家對待底層的弱勢的社會成員就不能展現出一絲同情、一絲憐憫、一絲關愛、一絲人類社會對待同類的起碼的善待和尊重？難道一定要驅逐得底層民眾更加絕望，一定要驅逐得弱勢群體更加脆弱，才能展現出中國城市的良好形象，才能展現出這個國家已經步入現代化，才能展現出這個國家已經成為一個崛起了的大國嗎？

我相信，這樣的質問並不過分。但是倘若現實中非得要這樣去做，對不起，我想說的是，這樣的城市形象一文不值，這樣的城市秩序一文不值，這樣的現代化一文不值，這樣的大國崛起也同樣一文不值。同時，我還想說得是，那些恣肆暴虐的城管隊員向著一個個街頭攤位舉起的拳頭，不單單只是砸碎了底層弱勢民眾的謀生工具，也砸碎了一個古老的東方大國入列為文明人類的資格。

5

如今我在回顧城管十多年來的歷程時，時常想到山城重慶街頭曾經有過的一個涼粉小攤販，時常想到一個陽光燦爛的午後。

這位小攤販，是千千萬萬從農村來到城市，在城市的邊緣地帶掙扎謀生、歷經艱難而又無比辛酸的小商小販的典型，也是許許多多城管暴力執法行徑之下犧牲品的典型。

那是一個罪孽的午後，一個比夜還要黑暗的晴日。

那一天，是二〇〇八年的七月三十日。那一天，居然是一個艷陽當空、驕陽似火的晴天。

那天中午午飯過後，你推著向鄰居借來的一輛小推車出攤，準備到平日通常擺攤的地點——兩路口大田灣體育場大門口的斜對面沿街地段，擺攤售賣。

中午十二點左右，你們夫妻倆一道出攤，你推車在前，妻子挑擔在後，一同往大田灣體育場的方向行走。這一路走過的柏油路被曬得發亮發燙，街頭的行道樹有氣無力地低垂著，空氣中有股難耐的燥熱氣息。在這個燥熱的午後你沒有想到，這會是一趟歸不去的路。

你們夫妻倆到達體育場的斜對面擺攤後不久，十二點三十分左右，一輛五十鈴執法車行至體育場附近，這是重慶市行政綜合執法局兩路口大隊的執法車。只見從執法車上衝下來四個人，他們一個箭步衝向你的攤位拉住小推車，硬要將小推車沒收。因為鄰居的手推車價值不菲，值好幾百元錢，你不住地央求著城管別收走小推車。

在被斷然拒絕後，你接著哀求：「那麼車你們收走好了，其他的小東西就不要收了。」

但你的苦苦哀求換來的是一頓暴打，混亂中一名城管隊員將啤酒瓶敲碎當作攻擊性武器，準備向你打去，卻意外劃傷了路人。

這時圍觀的幾十名路人見狀紛紛用四川話大聲吼道：「莫打人！」但幾個打人男子對此無動於衷，仍然沒有停手，對你不住地進行毆打，勒脖子、擊打胸部、頭部、踢腿腳。

在那瞬間你倒下了，在倒地後你試著爬起來，打人男子見狀沖過去又對你繼續拳打腳踢，直到你昏迷不醒。事後袁躍美對這一幕記得很清楚，「突然間劉建平倒地了，軟綿綿的，像泥巴一樣」。圍觀人群看到這個被圍毆的小販突然倒下，以為是中暑了。

袁躍美趕忙過去想把丈夫扶起來，有人拿過來一瓶礦泉水，餵到你的嘴裏。不過，袁躍美發現水只能順著丈夫的嘴角溢下來，流到地面。

約摸半分鐘後，袁躍美清楚地聽到丈夫的喉頭髮出「咕」的一聲響。——這是你在世上發出的最後聲音，猶如長籲了一口氣。

「遭了，出人命了！」圍觀群眾叫嚷道，有人撥打了「一一〇」報警電話、「一二〇」急救電話。

見救護車遲遲未到，當時在現場的你的親戚胡波立即上前摸你的脈搏，發現並無跳動跡象後，他飛快地抱起你奔向一輛車，隨即將你送到了急救中心。

下午一點十五分，《重慶商報》的記者趕到事發現場，看到地上有兩只籮筐，其中裝有盛涼蝦、涼粉的器具等物，涼蝦散落了一地，一雙拖鞋掉落在籮筐的一前一後。

下午一點二十七分，醫院急救中心宣告——劉建平經搶救無效死亡。

6

就在一小時之前出門時還活蹦亂跳的年輕生命，就這樣變成了一具冰冷的屍體。

一個身體健狀的農村漢子，就這樣在光天化日之下在城市的街頭，被城管執法人員活活給打死了。

一個來自西南貧困地區的農民，一個進城務工艱難謀生的鄉下人，一個靠在街頭擺攤維持生計的小販，一個終生棲身於社會底層的勞動者，原本應得到這個國家最基本的社會保障和福利，卻淪為像垃圾一樣被清掃的對象。

當城管撲來，拳腳揚起，你倏然栽倒在地，之後昏迷不醒，身上傷痕累累，一小時過後在醫院不治而亡。在那個酷暑的午後，你選擇到街頭擺攤只想掙一點微薄的收入，只為了養家糊口，卻被城管當局以執法的名義兇殘地圍毆致死了！

你死於人頭攢動的鬧市街頭，你死於眾目睽睽之下。你的死讓我想起魯迅筆下的祥林嫂，也是一個死於街頭、一生境遇悲慘的農村底層人物。只是她死於飢寒交迫，而你死於弊政暴行。魯迅曾經評說祥林嫂的命運時說的一番話，放到今天還仍然沒有過時：

在那黑暗、落後、愚昧的社會裏，祥林嫂是沒有辦法擺脫她那悲慘的命運的；問題不在於她自己憑自己的力量能否沖破黑暗的環境，問題倒是在於中國人民是否了解這個社會的黑暗。

那是你們全家最傷心的日子，一家人的頂梁柱倒下了。原本全家主要靠你擺攤賣小吃維持生計，此後一家人的生活陷入困境，只留下一身疾病、無法工作的妻子，年逾六旬靠看廁所掙點收入的父親，和六歲半的兒子。記者在急救中心採訪你的妻子時，這個瘦小的農村婦女只是一個勁地哭泣，反覆地喃喃自語：「就這樣被打死了啊，就這樣被打死了啊！」

你再也沒有機會為父親盡孝，再也沒有機會在妻子生日的時候做一碗面條，再也沒有機會為兒子掙一筆上學的費用。你再也無法實現「讓一家人過上真正城裏人的生活」的諾言。

你死的時候年僅三十五歲，你死於青壯年時期。那年我三十三歲，是比你年輕兩歲苟活於世的同齡人。你慘遭圍毆、斃命街頭的地方重慶，是我十多年前曾去西南政法大學進修培訓的地方。那一年的我剛剛取得律師資格證書，正準備著正式投入律師行業，對這一「維護社會公平和正義」的職業充滿憧憬，對亞里斯多德的名言「法治比任何一個人的統治來得更好」滿懷期許，而今，想到貧困的你死於非命，想到瘦弱的你死於慘死，想到身處底層的你被國家機器吞噬，想到自己曾經對法律職業、對法律的公平公正的滿懷期待，似有數不盡的失落感啃噬著我的心，更有止不住的悲痛。

你的家鄉四川省廣安市嶽池縣，是南宋詩人陸遊曾經來到的地方。這位長年顛沛流離的詩人被嶽池農村多彩的春耕景象所吸引，為農民的生活情景和勞動的歡樂場面所感染，因此揮筆寫下了千古名篇——〈嶽池農家〉。其中的詩句「農家農家樂復樂」，道出了詩人對當時農家歡樂生活的盛讚。如今，面對先人謳歌農民生活的詩句，我們身處的這個時代實是羞愧難當。

你的遭遇，就像俄國作家陀思妥耶夫斯基的《被侮辱與被損害的》中的底層小人物一樣：「在城市的陋巷和陰暗潮濕的地下室裏掙扎，免不了被欺凌與被侮辱的際遇，在物質上一貧如洗，在精神上含垢忍辱、備受欺凌，他們總是無聲無息地生活，又無聲無息地死去。」

陀思妥耶夫斯基在這部長篇小說中發出的感慨，也是你的遭遇反映出的當代中國實況——

> 這是一個陰森可怖的故事，在彼得堡陰沈的天空下，在這座大城市的那些黑暗、隱蔽的陋巷裏，在那令人眼花繚亂、熙熙攘攘的人世間，在那愚鈍的利己主義、種種利害衝突、令人沮喪的荒淫無恥和種種隱秘的罪行中間，在毫無意義的反常生活構成的整個這種地獄般的環境裏，像這種陰森可怖、使人肝腸欲斷的故事，是那麼經常地、難以察覺地，甚至可說是神秘地在進行著……

這是一個陷入罪惡泥淖之中的國度，任意踐踏社會最底層的國民。這是一個缺乏愛和公義的國度，肆意欺凌社會上最弱勢的群體。你的死讓人感到，當公權力在握的政府團隊蛻變為與民爭利的機構，民眾將幾無立錐之地；當缺乏制約和監督的國家機器橫行無忌時，每一個社會成員的頭頂上就宛如懸掛著一柄隨時會降落下來的利劍。

你死於萬眾翹望的日子，那一天是二〇〇八年的七月三十日。再過一個禮拜，一場華麗壯觀的國際性體育賽事將在中國首都開幕。據說這是史上最大規模的一場奧運會，據說這場運動會的口號是「同一個世界，同一個夢想」，據說這場運動會吉祥物傳遞的信息是「友誼、和平」，據說這場運動會的理念之一是「人文奧運」，據說這場運動會要展示出這個國家「以人為本」的國家形象，並且，奧運期間全國各大城市將展開整頓市容市貌的統一行動，各地訓練有素的城管正精神百倍地摩拳擦掌，整裝待發。

那一天有妍麗的歌舞表演，有激情的火炬傳遞，還有豪邁的詠頌贊歌。而你，劉建平，一個億萬農民中的普通一員，一個來自西部貧困地區的農民，一個西部直轄市的街頭小販，在公權力所向披靡的圍毆之下倏瞬倒斃，並且，暴屍街頭，因著城市管理的需要，因著奧運期間整頓市容市貌的需要。你倒在街頭的時候渾身無力，全身多處傷痕，身旁散落著一地的涼粉、涼蝦、籮筐，和盛涼粉的器具。

7

在你當街被城管圍毆死去之後，這起血案成為繼當年年初湖北天門城管打死拍照男子魏文華事件（又稱湖北天門城管殺人案）之後，又一起轟動全國的城管暴力執法致人死亡案件。公眾輿論對你的慘死普遍表示同情，而城管的野蠻暴力執法行徑則成為眾怨之的，有評論員發出沈痛告白：「重慶城管打死商販，再為城市管理敲響警鐘」。

最終，三名城管兇徒被送上了被告席，但是因種種原因法院最後作出的是「從輕處罰」，並且沒有任何一名擔任領導職務的城管官員承擔刑責。人們期冀著這起命案，能像零三年「孫誌剛事件」換來收容遣送制度的廢止一樣，也能夠換來城管制度的終結。

然而，儘管城管制度在公共領域早已聲名狼藉，輿論界和學術界對之的批評和聲討源源不絕，儘管這起命案發生過後社會學者指出「城管從制度上就是怪胎」，包括《南方周末》在內的多家媒體一再呼籲「取消城管，是時候了！」，包括法學學者王建勛先生在內的眾多學者一再籲請「城管制度應當也必須廢除」，但時至今日又是三年過去了，城管制度並沒有像當年的收容遣送制度那樣被掃進歷史的垃圾筒。法國作家雨果曾向往的「權杖和刀劍已經折斷，光明將取而代之」的景象，對於這個國家來說依然是一場難圓的夢。

在你死後的這三年多來，雖然城管制度早已引起公憤，雖然媒體和學者對城管制度的批判聲幾乎是眾口一辭，雖然一些地方的城管也推出諸如「行政執法禮儀規定」之類的舉措來回應民意（均為治標之策），但城管與執法對象之間的流血衝突絲毫未見收斂的趨勢，城管隊伍的執法手段依然走不出暴力的窠臼，各地城管執法隊伍的戰車依然轟隆挺進，如同吼叫的獅子，四處尋找可吞吃的人。

在你死後的這三年多以來，相似的遭遇不斷地降臨到其他公民的身上，小攤商販、三輪車夫、失業遊民、被拆遷戶、圍觀群眾……難以數計的國民在城管隊伍的斧鉞之下身無立錐，慘遭毆傷，甚至斃命。你們因身分而遭欺壓，你們因身處社會底層而受難，你們被獰惡的力量緊隨腳跟，你們在國家機器的烈焰面前戰戰兢兢，你們在自己的國土上潰散奔逃，你們被驕傲的拳腳肆意攻擊，你們逃不脫網羅，你們尋不著避難所。你們的心靈總是不安，身體疲倦，唯有暗暗祈禱兇惡人的弓不上弦，刀不出鞘，使你們能在這個國家中得享平安，有處容身之地。

時序流轉間，你離開世間已經三年了。三年前家人將你安葬在重慶的一座公墓裏，每年清明時節親人都會前往憑弔，追念你生前為家庭的付出和辛勞。你離開的時候時值盛夏，如今已是初秋。都說重慶的秋天多雨，這個季節的重慶，想必會時常籠罩在輕柔的雨霧之中。

當年還是少年的你遠離鄉村來到這裏謀生，此後在這座城市的底層勞作掙扎了將近二十年。這座城市，是兩千多萬重慶人的，也是你的。三年的時光過去了，你的魂魄是否已化作野生的青苔，緊貼這座城市的土地，融入這塊溫潤的土地。

寫於二〇一一年九月二十二日至十月十四日

那個「被精神病」致死的小學教師
——祭陝西西安小學教師王恒雷

但這百姓是被搶被奪的，都牢籠在坑中，隱藏在獄裏。他們作掠物，無人拯救；作擄物，無人說交還。

耶和華說：「我的百姓既是無價被擄去，如今我在這裏做什麼呢？」耶和華說：「轄制他們的人呼叫，我的名整天受褻瀆。」

——《以賽亞書》

1

二〇一一年二月下旬的一天，我收到中日美比較政策研究所所長趙京博士寄來的一大包裹贈書，裏頭有他的幾本學術著作，另有一些是我正想研讀的中英文社會學、政治學專業方面的書。在一大摞書籍中，有一本書在我手上如此的沈重，甚至不敢輕易翻閱。等到打開讀了，心情更是沈重，久久難以釋懷。

我說的這本書，是《中國精神病院受難群體錄》。我知道趙先生不但是坐而撰述的學者，也是起而行之的民權活動者。這本書，是他出版發行的《維權文庫》系列出版物的其中一冊。書中匯編了近幾年來中國各地被關進精神病院、遭受精神迫害的受難群體的大量案例，詳細記錄了上百名受難者被強行關進精神病院的時間、地點、緣由，以及在精神病院裏的悲慘遭遇。

這些遭受迫害的精神病院受難群體，他們的悲慘遭遇可謂一字一淚、傷心慘目，卻又匪夷所思、荒謬絕倫，令人心驚膽寒、聞而生畏。它們象錐子一樣紮入我的內心，使我感到一種刺心裂肝的疼痛，和無以復加的憤忿。我的耳畔彷彿迴盪著一片哭聲，那是受難者們一聲聲傷心絕望的哭號聲。

在閱讀的過程中，那沒有忘掉的十年前我曾收集的一宗案例，又湧上我的腦海，讓我如鯁在喉，不吐不快。

那是二〇〇一年。當時的我，還在福州的一家律師事務所做律師，因為立志於維護人權和實現正義，我十分留意社會上的各種侵犯人權事件。有天我讀到《南方日報》上的一則報導，標題為「西安市老教師冤死精神病院」，令我悲憤莫名、心情沈重。我四處收集了本案的一些資料保存了下來，並從那時起對精神迫害案例有了一定的了解，儘管當時媒體上出現的精神迫害案例還並不是很多。

將近十年過去了，忽然有日一個新造的詞語頻頻出現在公共視野——「被精神病」，成為媒體和公眾熱議的焦點話題。原因是，近幾年來，各地不斷曝出正常公民被強行關押進精神病院的迫害事件，引起公眾強烈的關注和批評。

作為一個對漢語言的純淨和正派非常在意的寫作者，我必須說，「被精神病」這一新造詞匯並不符合漢語的語法。可是一個「被」字，形象地道出了當代中國公民權闕如的真相，且已被公眾熟知，所以我在寫作時仍會運用這個詞語。不少專家學者在對當今的各種精神迫害現象進行研討對策時，都會提起十年前那宗曾廣為報導、發生在陝西省西安市的精神迫害案件。如今，離你含冤逝去已經十多年過去了——被精神病的受難者、陝西西安的小學教師王恒雷。

今日我唯有拿出稿紙和筆，為你寫一點東西，作為對你的祭奠，也是對自己十年前關注本案的一個總結，同時也為了對這個時代許許多多遭受精神迫害的受難者，發出我的一點聲音，一份關注。

2

你是陝西省西安市昌仁裏小學的一名普通小學教師。從二十一歲那年師範學校畢業、進入小學擔任教師至今，除了年輕時曾短暫做過文化館文化專幹、劇團美工外，歲月流轉間你已在小學任教三十多年了。

三十數載的小學教學生涯，有無數快樂和欣慰的片段，也有無數心酸和苦澀的回憶，你將它們全都放在心底，象一個谷口躬耕的鄉農，長年守護著自己的一畝三分地，從當年的弱冠青年，一直走到雪鬢霜鬢。

在許多中國人的眼裏，小學教師這一職業，往往是與「寒磣」二字聯繫在一起的。對你而言，事實確實如此。妻子單位裏的效益一直不好，到了上個世紀九十年代中期又下崗，孩子上學的費用也不菲，加上你母親常年疾病纏身，全家老少的生活主要靠你一人承擔，一家人的生活向來過得緊巴巴的。在同事親友的眼裏，你的形象總是穿著一身陳舊的深色外套，推著、騎著一輛破舊的自行車上下班。

你是一個興趣廣泛的人。你年輕時就愛好繪畫，幾十年來畫筆不輟，先後有十幾幅作品被收入畫集、發表於刊物以及被收藏，在全國教師書畫大展上也有作品參展。因為繪畫的特長，你本來教的是語文，一度因為學校人手不夠，你又被分派兼教幾個班的美術，後來年齡大了，學校便讓你專教美術課。

教學之余，你還喜歡鈷研，常常一個人在屋子裏鼓搗著工具和材料，琢磨著教學類的科技研發。一九九三年，你的一項發明成果「新型兒童計算器」，獲得國家物理類別的發明專利。就在二〇〇〇年出事之前，你還寫出了《進一步完善漢語拼音方案的幾點意見》，準備提交教育部，為此你花費了很多時間精力，查找資料，請教專家，撰寫並修改建議書。

你們家是昌仁裏小學的一個普通家庭。你和妻子閆西瑩均是再婚，家中有個你與前妻所生的女兒，但閆西瑩對她一直視如己出，這點很讓你感到欣慰。

你是一個善良的人，聽說妻子的前夫對女兒不好，你就讓妻子將女兒接過來一起生活。

可是你們家的居住條件實在太差了：一家四口擠在校內教師家屬區的一間破舊小屋裏，面積僅僅十二平方米，十分擁擠而又生活不方便。

3

在這種情況下，你遂以居住面積太小為由，向學校申請再分配給你一間屋子。這年是一九九〇年。

由於在此之前你與校領導關系不太好，平日裏就教學問題常給校領導們提意見，這次校方便借口學校住房困難，拒絕了你的分房申請。無奈之下，你便自行住進了學校裏一間堆放雜物的閑置房間。

數日後的一天早晨，受校方指派的工人來此將房門上的鎖砸開，將你的被褥等物件扔到外邊。從此後，你與校方因住房分配問題產生的矛盾開始升級，一直衝突不斷——

在此之後，學校裏歷次對教師進行住房分配，但均與你無緣。許多工齡比你短、住房條件比你好的教師卻分到了房。

你請求參加學校裏的住房分配會議，但校方拒絕讓你參加。

你經常去校長室反映住房問題，校長覺得你「難纏」，就叫來剛參加工作的青年教師與你吵架。有時，一群青年教師甚至推搡著你離開校長室，一次你的手在推搡過程中被弄傷。

後來，你不斷地向區教育局等有關部門反映自己的住房難題，校方對此頗為不滿。

再後來，你便不再直接找校長，而是每周一次在校長室門前宣讀自己的「申訴書」，這種狀況在事發之前持續了數月。

一晃十年的時間過去了，你的住房申請仍然沒有獲批，你因住房申請問題與校方產生的矛盾始終沒能化解，你也一如既往地多方進行申訴。

然而，你沒有預料得到的是，住房問題還沒得到解決，一場意圖讓申訴者銷聲匿跡的精神迫害操作，降臨到了你的頭上。

你更沒有想到的是，僅僅因為申請一間小小的幾平方米的平房房間，你竟為此失去了自由，身心遭到摧殘。最終，竟付上了生命的代價。

4

在新世紀拉開序幕的沒幾天，你今生最慘痛的一段噩夢開始了。

這一天，是二〇〇〇年的一月七日。這天上午你像往常一樣，趁開課前的時間前往校長辦公室門口，宣讀自己的申訴書。校長室的門半開著，坐在室內座位上的校長皺起了眉頭，但他始終沒有出來接待你。

讀完申訴書後，你便離開校長室回到校內的自己家中。隨後，你取出昨晚換下來的臟衣服，開始在自家門前洗衣服。正洗著洗著，學校保衛處的一名幹事奔跑著，一個箭步沖到你面前，還沒等你回過神來，他就一把抓住了你的胳膊，嘴裏一邊喊著「叫你擾亂了學校秩序」之類的話，一邊使勁拽著將你帶到教室前。就在學生們正在上課的教室前，你和保衛處幹事爭吵了起來。

與此同時，校方打電話給學校所在地的中山門派出所（西安市公安局新城分局中山門派出所），中山門派出所出動了兩名民警，將正在教室前的你帶到派出所進行詢問。詢問了一會兒，民警便打電話給昌仁裏小學，要求學校通知新城區教育局，兩單位派人一同到場，共同研究處理此事。

在兩家單位的來人到齊之後，派出所、區教育局、昌仁裏小學三方根據你的「表現」商討研究，當場作出認定——「王恒雷屬精神不正常」。並共同決定，要強行送你去公安機關開辦的精神病管治醫院——位於西安南郊的西安市安康醫院，接受治療。

接下來，中山門派出所的民警電話聯繫了西安市安康醫院。過了不多久，安康醫院派來工作人員和救護車來到派出所，他們看了所謂「王恒雷幹擾學校教學秩序」的材料，當場決定對你實行收治入院治療。

來人與派出所等三個單位的人一同強行拉你上車，這時的你竭力抗拒上車跟他們走，並大喊「我沒有病」。但他們根本不理會，他們圍擁上來，一夥人七手八腳地將你摁倒在地，你被摁住動彈不得，隨即被強行拉了出去，擡上了在外面等候的救護車。三個單位的人員與醫院的來人一道坐上車，送你前往西安市安康醫院，進行所謂的強制「治療」。

就這樣，在你完全處於正常的精神狀態、在沒有任何專業醫療鑒定、在你的家屬毫不知情的情況下，你被當作「精神病人」強行送進了精神病院接受強制「治療」。

從這天開始，你再也沒能回來，再也沒能走出精神病院。從這天算起，直到你最後猝死在精神病院的二〇〇〇年十一月十五日，整整三百一十四天，你都是在這所精神病院裏度過的。從這天起，你的生命中再也沒有歡笑，再也沒有自由，直至失去生命的那一天。

5

這一天，你的妻子閆西瑩帶著孩子回了趟娘家。等到她夜晚回到家時，赫然發現家門大敞著，丈夫洗了一半的衣服還泡在門前的水盆裏，人卻不見了蹤影，也不知去向，問左鄰右舍，也不知道自己丈夫去哪兒了。

閆西瑩焦急萬分，開始四處打聽尋找，但都沒有丈夫的音訊。一直到丈夫「失蹤」了一個多星期後，閆西瑩才得知丈夫已被幾家單位認定成了「精神病人」，強行送到了精神病院進行強制「治療」。

閆西瑩怎麼也想不通，她逢人便問：「沒有進行鑒定，憑什麼說我的丈夫是精神病？」為什麼，參與送醫者有丈夫所在的學校、區教育局、派出所和安康醫院，唯獨沒有當事人的家屬？她進一步質問：「為什麼沒有通過我們家屬同意，就要將他送到精神病院強制治療？」

閆西瑩帶著丈夫的反映材料，開始四處奔走，希望能盡快接丈夫回家。她向區公安局提出了行政覆議申請，但遲遲得不到回音。

二〇〇〇年三月的一天，閆西瑩找到了陝西法智律師事務所，委託該所的律師、西北政法學院副教授張西安作為代理人，走上了頗為不易的「民告官」行政訴訟道路。

不久後，張西安律師陪同閆西瑩向新城區法院遞交了行政起訴狀，將西安市新城區教育局、新城區公安分局中山門派出所和安康醫院共同推上了被告席。

作為家屬，閆西瑩狀告三單位違法行政，認為「三被告將王恒雷強行按照精神病人收治，事先既沒有向他送達行政處罰決定書，告知他本人應有的權利，事後又沒有及時通知家屬，使他一直被限制人身自由，並且沒有按照有關規定進行精神司法醫學鑒定，嚴重違反了法律規定，粗暴踐踏了王恒雷作為公民的權利。為此，要求法院確認三被告強制治療的行為違法；立即解除強制治療措施；並向原告賠禮道歉，並依法賠償。」

八月十一日，新城區法院作出一審判決，判決認為：「安康醫院是公安機關具有治安管理和醫療雙重職能的部門，其主要任務是強制收治危害社會治安的精神病人。在未見公安機關對其作出《強制治療決定書》，也沒有通知其家屬的情況下，安康醫院僅憑通知單位所提供的材料與本人的詢問接觸，主觀認定王恒雷精神狀態不正常，決定必須住院進一步診斷、治療，將王恒雷強制治療限制人身自由至今，其行為違反了法定程序。」

據此，一審判決撤銷安康醫院對王恒雷的強制治療的具體行政行為，責令安康醫院賠償王恒雷被強制治療期間的賠償金，向王恒雷口頭道歉。但對原告閆西瑩要求新城分局中山門派出所、新城區教育局共同承擔責任的訴求，未予以支持。——也就是說，閆西瑩的官司部分勝訴，一審法院判定：送王恒雷去精神病院是錯誤的，是違法的！

接到一審判決時，閆西瑩和她的代理律師稍感欣慰，但同時她們認為派出所和教育局也應承擔責任，而此時的王恒雷尚還在安康醫院接受強制「治療」。安康醫院則提出了上訴，本來以為即將出院的王恒雷，不得不依舊呆在精神病院裏。

二〇〇〇年十一月，西安市中級法院發出通知，本案二審將於十一月十六日開庭，閆西瑩期待著盡快走完法律程序，能讓丈夫早日回家。

但閆西瑩萬萬沒有料到的是，就在二審開庭的前一夜，即十一月十五日晚，丈夫突然在醫院裏意外猝死！

王恒雷的猝死導致本案的開庭時間延期。直到次年的四月十一日，西安市中級法院才開始開庭審理本案。這年四月十五日，西安中院作出二審判決，認為「一審判決認定事實清楚，適用法律正確，應予支持」，遂判決「維持一審原判」。——也即，二審終審判決最終判定：送王恒雷去精神病院是錯誤的，是違法的！

至此，本案的法律程序基本上告一段落。再後來，安康醫院副院長寧來祥因涉嫌濫用職權罪被逮捕，進而被區檢察院提起公訴。

然而，本案的當事人王恒雷卻沒能看到這一幕，他已經在幾個月前，永遠地消逝在精神病院裏了。

6

這起「民告官」的行政官司在社會上激起了強烈反響，你的遭遇引起知情者的廣泛同情，許多人為你撒下一掬同情的淚水。報紙雜誌電視等各種媒體紛紛予以報導、評論，為一位年近六旬的「老教師冤死精神病院」叫屈鳴不平，並且發出進一步的質問和反思——「誰有權把正常人送進精神病院？」、「如何保護『精神病』患者？」

與此同時，社會公眾也開始質疑，本該治病救人的精神病院，何以承擔所謂的「治安管理」職能？人們不知道，在那所精神病院，身為正常人的你，經歷了怎樣的遭遇，以至於最終命喪精神病院？

在央視《今日說法》欄目中，你的妻子閆西瑩流著淚訴說，她帶著孩子找到了安康醫院，在醫院裏她問丈夫為什麼會在這裏，丈夫除了流淚說不出別的話。閆西瑩哽咽著告訴主持人撒貝寧：「他躺在那兒不吃也不喝，一看見孩子就哭得不像樣子。把他扶起來，坐在那兒，他的眼淚流得呀。」

因為你沒有將自身遭遇告知親人，也沒有留下任何的文字記錄，在二審開庭前夜你突然死亡，無法再開口說話了。如今無人知曉，你在那可怕的三百多個日日夜夜，在精神病院裏是如何的度過，受到了怎樣的對待，以至於最後在精神病院裏孤獨地死去？人們只能通過其他的渠道，揣測你在精神病院裏的遭遇。我在媒體上讀到就在你出事的那一年，各地媒體所曝光出來的一些正常公民被強行關進精神病院的遭遇——

二〇〇〇年三月一日，北京市市民戴淑珍因丈夫非正常死亡、反映派出所失職瀆職上訪，被北京市朝陽區建國門外派出所兩名片警從家中抓走，先關進鐵籠子警車，然後強行送進北京市朝陽區紅廟第三精神病醫院。在該院，戴被強迫服用舒樂安定、維斯通等抗精神病藥物，這些藥吃完後，「我的頭非常昏，感覺要爆炸，吃時並且還感到很惡心，心臟也受不了。我吃不下，不張嘴，護士就打，就強行灌藥。我現在外出要靠雙拐，就是那時被打殘的。」戴共被關了四十多天，才出院。

二〇〇〇年四月十九日，廣東珠海陳誌海因受開發商虛假售樓廣告誤導，被騙簽訂購房合同、交付首期款，後要求退房，被開發商串通當地政府和公安部門將其送進中山市埠湖精神病院，「先是幾名穿制服的人將我打昏再打針，並被鎖上腳鐐，全身捆綁在一張鐵床上長達十八個小時之久。等我醒來見到醫生我就聲明我沒有精神病，在場的三名公安不顧我的說明，只聽領頭公安一聲令下：『搞定他』，首先一人揮拳擊傷我眼角，我的眼鏡也被擊爛了，我感覺後背被人猛擊一下後，整個人倒在了身邊的桌子上，當時我的雙手還被鎖銬著⋯⋯」

二〇〇〇年四月二十九日，吉林遼源市李桂榮因要求丈夫工傷待遇進京上訪，被強行關進精神病院，「當時是刑警隊李大隊長帶十多人強行把我按倒在用鐵片編成的床上，然後用手銬把我兩手吊鎖在床上，再用皮帶扣鎖上我的雙腳後，又用管子插入鼻孔直通到胃部，只要動一下，就會大口吐白沫和吐血，到最後吐的全是血，直到三天三夜後，見我昏死過去才把我放了下來。」

二〇〇〇年十二月十五日，江蘇阜寧縣絲綢廠職工曹茂兵因廠領導經營不善、貪汙舞弊，導致企業連年虧損，一半以上工人下崗，多數工人被拖欠工資半年以上、醫療生活補助全無，他與單位工人一起申訴請願、集體抗議，要求挽救企業、解決工人工資拖欠問題，並欲成立旨在維護工人權益的獨立工會，被當地公安局抓走並關入鹽城市第四精神病院。在精神病院裏，曹被強制吞服有害神經的藥物和接受電擊治療，不允許親友探視，使他的身心健康受到摧殘。

……

這些令人觸目驚心的案例讓我想到你，王恒雷，當年年過半百的精神迫害受難者。你只是為了爭取自己應得的住房待遇，就被校方聯手教育、公安等機關投進了精神病院。在接下來的三百多天裏，圍繞你的世界是冷酷的目光、難耐的折磨、內心的懼怕和漫無邊際的絕望……在這不是牢獄的牢獄之中，漸漸地你屈服了，從一個充滿活力的教師，變成了一個只會嘆息、只會流淚的老人。

你望眼欲穿，卻再也望不到妻子和孩子的身影；你想要呼吸新鮮的空氣，卻終日被室內壓抑的氣氛包圍。你雖然年近花甲，但原本身體健朗，最終竟在被關押場所不明不白地死去，被無邊的黑暗吞噬了，在這個陌生的地方走到了人生終點。

7

轉眼間十年過去了，時光來到二十一世紀的第二個十年。

如果說在十年前，「被精神病」事件還很少見諸於報端，「被精神病」現象在中國可能還並不那麼普遍的話，那麼這十年來，也即二十一世紀的第一個十年至今，正常公民「被精神病」的一幕，已經在中國這片廣袤的大地上長期、系統而又普遍地上演了。

這十年間，「被精神病」和「維穩」一樣，成為中國社會公共領域的一個新造詞匯，在媒體輿論和公眾口中出現的頻率越來越高，也因此而廣為人知。

二〇一一年六月，中國艾滋病防治及精神病領域專家、北京愛知行研究所負責人萬延海先生，在接受媒體採訪時告訴記者：「被精神病主要是過去十年的事情，比方說你是在政治上不聽政府的話，或者說到處並經常去上訪。這個經常被單位政府和公安機關當成精神病人來處理。它可以把任何對它的批評，或者說公民正當權利的維護都看成是一種精神病的表現。」

在這新世紀的第一個十年間，並且直到現在，我們都知道的一件事實是，中國主政系統將一項執政目標提升到至高無上的地位，那就是維護社會穩定，簡稱「維穩」。為了至少在表面上讓這個國家顯得繁榮有序、和諧興旺，不讓日漸凸顯的社會矛盾和衝突晾曬在太陽底下，正如我們每個人都心知肚明的，各級當權者動用了他們所能想得到的幾乎任何手段，可是結果卻離他們當初設想的漸行漸遠，甚至背道而馳。

在越維穩越不穩，維穩數字逐年攀升的現實面前，一種有別於傳統維穩手段的新舉措，應運而生。

它動用的是一種新型的、大型的、設備齊全的維穩工具——精神病院，它已建立的一整套完整體系，顯現出策劃者超凡的思維和心智。既然已經自我標榜為「法治國家」、將言論自由等基本公民權寫進了憲法，對付那些對政府有不滿情緒並四處喊冤的人群，要是羅織罪名將這些人扔進牢房，確實有點兒說不過去，何況也並非易事，程序上也有些麻煩；派人二十四小時輪班盯著他（她）們吧，人財物成本有時又過高，稍有松懈還會功虧一簣。可如果直接宣布他（她）們是精神不正常的精神病人，效果往往會事半功倍。

原因呢，其一、能夠在治病救人、人道主義、維護公共秩序等冠冕堂皇的旗號之下，大大方方地將這類「不穩定分子」投進精神病院，使他（她）們再也無法「惹是生非」，而給政府添麻煩；其二，決定將這類人強行送往精神病院接受強制治療，就不需要經過刑事公訴之類的法律流程，避免了公開的審判、律師的質疑和輿論的監督；其三，將這類人予以長期隔離進行「治療」，以迫使他（她）們轉變跟政府「作對」的念頭，或者使他（她）們喪失正常思維乃至行動的能力。

正如我們現在所知道的，這場通過精神病院方式迫害正常公民的機制操作得相當成功，要不是互聯網時代無孔不入的資訊將之揭露，恐怕這種系統性精神迫害的現象，還不會這麼早地就進入公共視野。

這幾天來我常想，當後代的中國人回顧二十一世紀中國第一個十年的這段歷史時，看到一個所謂千年盛世的暉光灼灼，怎會想像得到，在這流光溢目的「金玉其外」，竟有著如此野蠻而又殘忍的「敗絮其中」。

我想說的是，就我目前掌握的資料來看，那些遭受精神迫害的受難者們大多是因為追求公義和人格尊嚴而承受苦難，他（她）們不願意像我們那樣常常顯得怯懦或是沈默，從某種意義上來說，他（她）們是在替我們這群「沈默的大多數」承受苦難，我們同樣也是他（她）們苦難遭遇的責任人。

作為與他（她）們身處同一個時代的我們，怎能夠在自己同類的苦難面前蒙上眼睛或是捂上耳朵，我們至少應當了解或是談論一下他（她）們的遭遇，讓他（她）們不再有被棄置於荒野的感覺，或許我們還可以再多做一點什麼，比方說對他（她）們的苦難或進行描述，或進行研究或吶喊呼籲，以減輕我們內心的羞愧和歉疚。無論如何，不管我們能否讀懂或消除他（她）們的苦難，最起碼我們不能將他（她）們的苦難置於我們的視線之外。

在史學名著《第三帝國的興亡》一書的卷首，作者引用了西班牙裔美國籍哲學及美學學者桑塔亞那的那句著名的話：「那些不能銘記過去的人註定要重蹈覆轍」。今天，就讓我們再咀嚼一下這句話，就讓我們讀一讀專業團隊為這個時代留下的記錄，從具體案例開始我們的觀察吧。

二〇一〇年十月十日，兩家民間公益組織「精神病與社會觀察」和「深圳衡平機構」發布了四萬餘字的《中國精神病收治制度法律分析報告》，引起精神病醫學界、法學界等專業團體的關注。讓我們來看看報告中舉出的幾例案例：

二〇〇三年十月，河南漯河農民徐林東因宅基地問題長年從當地鄉鎮政府逐級上訪到北京，被大劉鄉政府幾名工作人員從北京把徐林東接回漯河，並將他送進了駐馬店市精神病院。他在駐馬店市精神病院被強行捆綁四十八次，電擊五十四次。二〇〇七年七月，即徐林東被關進駐馬店精神病院四年多後，他的家屬才通過其他村民知道他的下落。二〇〇九年十二月，大劉鎮政府工作人員把徐從駐馬店精神病院轉到漯河市精神病院後，家屬提出讓徐林東出院，院領導當場拒絕：「那肯定不行，這得通過鄉政府，你家屬沒這個權利。」一位丁姓副院長又說：「因為徐林東反覆去北京告狀，影響到了鄉政府，影響到了社會治安，所以才被送到了精神病院，這個事情只有通過政府協商。」

家屬為此奔波了近三年，但醫院堅持不肯放人。徐林東住院期間，每月花費醫療費一千多元，六年半下來花費近十萬元，這筆費用是大劉鎮政府從民政救濟款中撥付。二〇一〇年四月底，「徐林東事件」被媒體曝光，徐林東才得以走出他住了六年半的精神病院。

二〇〇七年七月，山東新泰礦工孫法武因房屋補償款問題去北京上訪，被山東省新泰市泉溝鎮政府帶回，但是鎮政府把他直接送到了精神病院。時任泉溝鎮信訪辦主任的陳建法說他不能再去上訪了，他有精神病。孫拒絕簽字，隨後被強行塞進一輛車送到泰安市肥城儀陽鄉精神衛生中心。那次，老孫被「治療」三個月零五天。在家人多方投訴，而老孫答應不再上訪後，才被放出。二〇〇八年十月十九日，在泰安汽車站等同伴的孫法武被一輛麵包車強行帶走，帶他走的是當時新泰市泉溝鎮信訪辦主任安士智。他們把他帶進了鎮派出所，關在一間屋裏。第二天早上他又被送到新泰市精神衛生中心，孫拼命掙扎呼喊自己沒病時，醫生卻說，「我管你有沒有病，你們鎮政府送來的，我就按精神病來治。」

於是孫被押進病房區，然後又被人按到在床上，手腳全被綁在床上，頭也被蒙住，還被強制灌藥、打針。第二天，孫醒來見到院長就要求出院，院長卻說，誰送來的誰簽了字，才能讓你走，讓你家人去找你們鎮政府吧。但是，孫的手機被沒收了，根本就聯繫不到家人。住院的二十多天裏，孫的母親病危也不允許探視，直到母親去世，他簽下保證書後才獲準出院送葬。在精神病院裏，孫法武認識了一些同樣因為上訪被抓進去的人，他們家屬都沒有被通知精神鑒定，但政府卻有鑒定書，新泰精神病院院長曾經對媒體證實，醫院裏很多病人是上訪戶，雖然一看就不是精神病人，但是因為政府有鑒定書，他們也不好說什麼。

二〇一〇年四月九日，湖北十堰職員彭寶泉因舉報銀行領導腐敗、拍攝二十餘名十堰市五交化公司職工上訪維權的照片，被十堰市人民路派出所「抓捕」關進了派出所。次日凌晨兩點，派出所以彭「精神異常四年余復發言行紊亂多疑一周」強行將他送進當地的茅箭精神病醫院，在送進去後也沒有通知家屬，並且不准家屬一周之內探望。精神病院沒有履行任何合法收治手續，就對彭進行強制治療，值班的醫生說彭是偏執性人格障礙，他說自己沒有病，醫生說你說自己沒有病，正好說明你有病，便給他開藥。

在被威脅要強灌藥、吃了藥之後，彭寶泉感到「那幾天渾身不舒服，頭就像喝醉酒，頭疼心悶，四肢無力，腳底下走路也很飄。並造成血壓異常、肝臟腫大、四肢無力，身心受到嚴重傷害。」十三日，彭寶泉的家屬得知他的下落後，向醫院要人時，單位的領導才將彭帶回單位談話，要其「顧全大局」、「不再接受媒體採訪」，並「保證人沒事」。十五日，十堰市政府還召開新聞通報會，宣稱彭有精神病。通報會之後，政府迫於輿論壓力釋放了彭寶泉。

……

在《中國精神病收治制度法律分析報告》的結語中，報告執筆人語帶悲憤地說：「很多數據不斷提醒我們，咱們身處精神病大國。與其防止『被精神病』，不如早日加入疑似精神病人行列，以免墮入『喪失自知力』的陷阱。也許，更準確一點，應該抱著這樣的態度：我們都是疑似精神病人。如果精神病醫療行業固守當前的行醫模式，必須提醒：主流人群──『被精神病』，『隔離治療』，你們準備好了嗎？」

我手頭的這本《中國精神病院受難群體錄》中，列舉了上百個案例，且讓我信手拈來其中選編的幾則案例：

二〇〇七年九月底值國慶節和十七大前夕，北京昌平區居民劉庭玉因舉報村幹部亂處理農民土地的問題上訪，被強行關進昌平區精神衛生保健醫院。從一九九〇年九月開始，劉庭玉因上訪被關進北京回龍觀醫院（一所大型的精神衛生專科醫院），後來因自家房屋被強制拆遷又不斷上訪，近二十年的時間裏，劉庭玉共十六次被關精神病院，基本上每年要被關一、兩次，短的被關二十多天，長的被關九個多月。因長期被強關精神病院，劉庭玉落下一身的病，面部神經曾一度癱瘓，頭髮異常發白，腳步行走障礙，後經體檢，頭髮發白是鉛中毒。

二〇〇八月北京奧運前夕，湖北武漢工人胡國宏因上訪反映廠裏處理不公問題，被強行關進武漢市第二精神病院，期間頭部遭到電擊，身子遭到捆綁。後來民警帶二、三十人上門對他的妻子陳雪問話，派出所所長當面揚言：「不是精神病也要整成精神病。」在二〇一一年二月兩會前夕，胡國宏夫妻被禁止出門，江岸區信訪局長到他們家要求胡國宏在市、省、中央開兩會期間不准去上訪，並對胡國宏全家監控禁止出門到全部兩會結束。

二〇〇四年五月，浙江嘉興市民林春花因反映十六歲的兒子受到枉法裁判進京上訪，先後去了公安部、司法部、全國人大和最高法院上訪，被嘉興街道辦書記、居委會主任和派出所警察騙回嘉興，強行送到桐鄉市烏鎮精神病醫院，在精神病醫院，她受到非人的折磨，每天輸入兩斤半藥液，灌入二十一片藥片，以致她路都不能行走，上廁所要兩人架著。她在那裏待了一個多星期，得了個「偏執性人格障礙」的診斷結論出了院。同年九月，林春花再次到北京去上訪，嘉興方面又一次將她綁架回來。他們給她兩條路：一條是送精神病醫院，一條是勞教兩年半。她說勞教吧，勞教滿了後我還要告你們。如果我在勞教中死了，你們得賠錢給我兒子，結果他們還是將她送到了精神病醫院。林春花所在的街道司法所所長對她說：「你不到北京去告狀，你就沒有精神病；你去了北京，那你就有了精神病。」

二〇〇六年十二月，湖南長沙市民彭慶國因和鄰居拒絕搬遷、舉報湖南師大和政府官員破壞國家森林資源，被當地政府指使的人員搶奪財物、打成殘疾、住房被夷為平地之後，在到湖南省市區各級政府機構上訪未果的情況下進京上訪，嶽麓區政法委書記、副區長帶領公安、政府工作人員在長沙用麻袋套住彭慶國，強行送往長沙精神病院。在精神病院裏，彭慶國被打毒針、注射不明藥物，身體狀況急劇惡化，時常頭痛，雙腳無力。

二〇〇二年十月，遼寧鞍山商店職員吳欣因認為企業強迫簽《解除勞動關系合同》、強行買斷十多年的工齡不公，並舉報企業資產被侵吞去北京中紀委上訪，中紀委信訪處主任將她強行送到昌平區殘疾人醫院（一所精神病院）。在精神病院，吳欣一連十天被毒打，手腫脹達二十厘米厚，並被強行服藥，造成渾身潰爛，潰爛到肉裏，醫生開瀉藥讓她服用，結果導致她頻繁排泄，身體像抽筋一樣，骨瘦如柴。後來出院後每到夏天，渾身就起紅疙瘩。

……

書中還披露：「在本匯編集收集的被迫害的訪民案例中，受害訪民涉及到一、二十個省，這一切說明對訪民進行精神迫害的現象全國普遍存在，精神迫害成為了阻止訪民上訪、打壓訪民的慣用手段。公安部於一九八七年出臺《全國公安機關第一次精神病管治工作會議紀要》規定，公安機關管理的精神病管治院統稱「安康醫院」，即××省（自治區、市）公安廳（局）安康醫院。

公安機關管理的精神病管治院具有治安管理和醫療的雙重職能，是維護社會治安一種特殊手段，是公安機關治安部門的組成部分，其體制屬於公安事業編制，同時在業務上接受衛生部門指導、監督。這類精神病院的行政管理和醫務人員，既承擔了看守任務，又負責醫護，應當享受民警工資和崗位津貼等待遇。許多地方公安局和當地衛生局、醫院訂有內部協議，凡是公安局送到精神病院的人，醫院必須接收。」

8

這是一樁樁令人不忍卒讀更令人心靈顫慄的惡行，這是一件件精神病院受難群體悲慘而又淒愴的受難遭遇，這是一幕幕當代中國殘酷而又可怖的真實場景。

這些文字記錄都不是文學語言，而是平實的敘事體語言，但讀起來依然令人心驚膽戰、瞠目結舌，繼而難以遏制內心的憤恨不平。我相信一切思維正常的讀者，面對這些理直氣壯、卻又恐怖莫名的行為模式和語言模式，會感到再也難以運用起平常的思維，和正常的邏輯去看、去想。

這些象泥土一樣被踐踏被蹂躪的人們，他（她）們都是我們這個社會中最普通最尋常不過的成員，他（她）們就是平日裏生活在我們身邊的農民、工人、職員、下崗職工、失地農民，甚至也有公務員。他（她）們只不過想為自己家人的冤屈想討一個說法而成了上訪者、或心中存有一份正義感而成了舉報人、或有一份熱心腸想幫助他人而成了維權者、或一不小心得罪了領導或者政府官員而成了「不穩定分子」，於是在某個日子猝不及防之間，災禍就降臨到了自己頭上。

就這樣，他（她）們在某個陽光麗日的晴天（或陰天），被一群公務人員如狼似虎般地擒獲，被以執行公務的名義，強行送往一個他（她）們此前聽說過、但從未去過的地方——精神病院。接下來的日子裏，他（她）們將會在這個陌生的地方被強制「治療」、被強制服藥灌藥、被強制注射、被捆綁在病床、被強行拴凳子、被毆打、被電擊、被辱罵，他（她）們會被強行關押少則數月，多則數年，最多的長達十四年之久。他（她）們當中的部分人作為正常人經過了一段時間的「治療」之後，竟變成了真正的精神病患者，有的甚至被「治」死在精神病院。

這十年多來，中國各地的安康醫院對上訪者等「不穩定分子」進行強制收治「治療」已經成為了一種制度，一項宏大而又細微的社會系統工程，一場有計劃的精神迫害。整個強制收治程序由公安機關、地方政府等公權力機關自己說了算，用不著出示任何證據，也用不著經過任何的司法程序、任何的法庭審判。這些公權力機關想把一個公民關押在精神病院裏頭多久，就可以關押多久。他們只需要說，這個精神不正常的人患上了「危害社會穩定病」，或「擾亂社會秩序病」，或「做事過於固執、過於偏激病」，或得出結論「經常罵領導，不是精神病是什麼？」、「一再上訪，精神肯定受到了刺激」等，就都構成了以精神病治罪的理由。

面對這些實施精神迫害的公權力擁有者們，我想起了魯迅先生的話：「他們是羊，同時也是兇獸；但遇見比他更兇的兇獸時便現羊樣，遇見比他更弱的羊時便現兇獸樣。」

這是怎樣的一種卑劣而又殘忍的惡行啊，怎樣地作踐了世間原本理應受到善待和尊重的一個個生命個體，一個個他們的同類生命。根本不理會什麼法律和倫理的規則，也不征得本人或家屬的同意，當「更弱的羊」們還是一個健康的正常人的時候，「兇獸」們就將繩索和「精神病人」的帽子急不可耐地扣上了。

這樣一種普遍存在的精神迫害惡行，在學理上到底該如何定義？我在一摞精神病院受難者的資料書籍面前想了好久，也想不出個所以然來，找不到一個準確的詞來概括。當我讀到中國人民大學政治學系張鳴教授的文章《被精神病等於酷刑迫害》時，內心不禁一顫。多年以前我在研讀法學時，曾有一段時間對酷刑制度產生過學術上的興趣，後來陸續讀了法學學者陳雲生教授的學術著作《反酷刑——當代中國的法治和人權保護》（二〇〇〇年出版），和刑法學學者趙秉誌教授主編的《酷刑遏制論》（二〇〇三年出版），當時還做過一些學術筆記。

沒想到多年以後，我會在撰寫精神病院受難者的文章時，在精神迫害現象這一新領域與「酷刑」這一學術問題重逢。兩本學術著作在探討當代中國的酷刑狀況上面均下了一番功夫，怎料到才過了幾年，這兩部當年曾獲得業界不小口碑的學術著作成果均已過了時，因為書中均遺漏了一種酷刑手段——利用精神病院的精神迫害。

聯合國《禁止酷刑和其他殘忍、不人道或有辱人格的待遇或處罰公約》中的第一條，對酷刑是這麼定義的：

「『酷刑』是指為了向某人或第三者取得情報或供狀，為了他或第三者所為或涉嫌的行為對他加以處罰，或為了恐嚇或威脅他或第三者，或為了基於任何一種歧視的理由，蓄意使某人在肉體或精神上遭受劇烈疼痛或痛苦的任何行為，而這種疼痛或痛苦是由公職人員或以官方身分行使職權的其他人所造成或在其唆使、同意或默許下造成的。」

根據這一定義，當代中國的公職人員為了對「不穩定分子」的「不穩定行為」加以處罰，或為了出於恐嚇或威脅的目的，或為了將他（她）們打成政治賤民加以歧視，就將正常公民投入精神病院，醫院外有高牆，窗上有鐵欄杆，病房門上有鐵門，在封閉式的環境裏每日打針吃藥、剝奪人身自由、以非人道待遇相待，導致他（她）們遭受肉體上的折磨，和精神上的摧殘，無疑這是一種不折不扣的——酷刑。

地方公權力機關為非作惡，居委會、街道辦、學校、國有企業等單位狐假虎威，喪失醫德的精神病院為虎作倀，發表「精神病人不擁有人權」之類言論的專家學者顛倒黑白，當他們聯手以維護社會穩定之名行酷刑之實時，不該收治的公民可以被輕易地投入精神病院接受隔離「治療」，就將使社會公眾面臨著「被精神病」的風險，意味著我們社會中的所有人都隨時有可能成為「精神病人」而失去自由。這樣一種新型酷刑的運用，實在是一些富有想像力和創造力的權力擁有者們精心策劃的結果，它往上延續了五千年民族史上的酷刑傳統，往下符合當今時代的中國國情，同時也是一項令世人驚異的「創造性成果」。

將精神病院賦予懲治和監禁功能，可以說是二十一世紀初葉中國的一大創舉。人類社會在十八世紀後期出現精神病醫院，本來是現代醫學的發展成果，和一種人道的救助設施。時至今日，中國的公權力系統居然將送精神病院醫治當作一種懲罰手段，將精神病院「監獄化」，將醫院變成「監獄」，也將當今時代奉「維穩」為至理的中國，變成如法國學者福柯所說的「把醫學變成司法，把治療變成鎮壓」的國度。

如前所述，這些遭受精神迫害的受難者們，幾乎都是因為追求公義正義、維護自身尊嚴才遭遇災禍，繼而經受了一番苦難的。顯然在一個缺乏公義和表達權的社會裏，他（她）們是一群缺乏所謂「政治敏感度」的「不識時務者」。

與他（她）們不太一樣，我們社會中的其他大多數成員，為了適應這個社會的生存環境和政治生態，人格和個性漸漸地會做相當程度的收縮，直至主動地將棱角磨平。我們大多數人一般在單位不太敢得罪自己的領導上司，在社會上不大敢為維護自身權益向政府「叫板」，即使遇到不公待遇，也大多會選擇忍氣吞聲，更談不上四處奔走「告狀」了。那樣做，向來會被看成是以雞蛋去碰撞石頭，忘了那句「民不與官鬥」的中國古訓，以至於某些學者以篤定的語氣論斷，「上訪專業戶至少百分之九十九以上精神有問題」。

這樣的子民心態使得侯門似海的官府、及峨冠博帶的官員的判斷標準逐漸變得扭曲，以至於在他們眼中，行使憲法和法律賦予的公民權利的正常行為反倒成了不正常，敢跟政府較真的人就是精神不正常，重拾早已被歷史唾棄的所謂斯大林定律——「持不同意見者則等於精神病患者」。他們不知道的是，組成一個社會的芸芸眾生的心目中對公義的向往、對尊嚴的渴求，是人類社會進步和公正社會秩序的基因。

將這些向往公義、渴求尊嚴、維護自身權益的公民們隔離在精神病院裏頭，我不得不說，不是這些「不識時務者」們精神有問題，而是這個國家有病了；真正需要治療的不是他（她）們，而是這個價值顛倒錯亂的國家。正如前蘇聯作家索爾仁尼琴所說的：「整個國家病了，長了腫瘤，專門幹壓制個體精神自由的事。人體的腫瘤會導致個人死去，國家的「腫瘤」也會導致一個國家死去。」

今天，就讓我們回味一下這位前蘇聯作家當年的沈痛告白吧。索爾仁尼琴所指的「國家病了」，完全可以適用於當今的中國。在當今這個惟利是逐、追求速度的國度，就讓我們看清這個苦難深重的民族在當今時代的真面目吧。這些精神迫害的案例，讓盛世的光芒、崛起的光環頓時黯然失色；這些精神病院受難者們的悲慘遭遇，讓和諧的口號、穩定的旗幟顯得齷齪不堪。

今天我們終於知道，這個色澤光鮮的時代產出的，不僅僅只是一場場喧騰的盛會，一枚枚耀眼的金牌，一項項輝赫的太空工程，還有一處處陰慘恐怖的黑暗地域，以及無數個體生命在封閉角落裏的冤哭無告、痛苦呻吟。他（她）們的每一滴泣血都讓我們無地自容，他（她）們的受難讓這個時代的銀幕上布滿了恥辱和羞愧。

在回顧這十年來精神迫害現狀的過程中，我的頭腦中時常出現你的身影——居於陝西西安的精神迫害受難者王恒雷。我仿若看到你在精神病院裏瘦骨嶙峋的樣子，我仿若看到你臨終前的那段日子裏，眼窩坍塌，脊背佝僂，神情木訥而又無助。

此刻我將目光瞥了一眼桌上的臺燈，望見一雙懼怕的眼睛，看著我的多年以前。

9

就讓我們回憶一下吧。在二〇一一年，就在中國各大媒體紛紛探討「如何避免讓正常人免於被精神病」的這一年，就在《精神衛生法》草案徵求全民意見的這一年，就讓我們暫時承擔一下回憶的痛苦，並將之化為我們不再忘卻的記憶，難以泯滅的印象。

就讓我們將目光拉回到十一年前，回望十一年前中國北方一所病院太平間裏躺臥的一具遺體，一副受難的生命。

我不知道這些年來中國各地的精神病院有多少無辜的正常公民死在裏頭，這本《中國精神病院受難群體錄》一書中就收集了好幾起這樣的命案，因為在這一領域系統研究的資料少得可憐，是故在精神迫害領域的命案案例如今並不多見。想想真是可怕，倘若不是這位西安小學教師的家屬敢於拋棄畏懼、執著地打一場民告官的官司，這起精神迫害釀成命案的事件，或許將永不為公眾所知。

今天，就讓我們借由回望這一命案來反思精神迫害機制，就讓我們將記憶拉回十年前的那一幕。

那是二〇〇〇年十一月十五日，第二天，本來是西安市中級法院定於二審開庭的日子。

這天晚上，你的妻子閆西瑩在毫無心理準備的情況下，突然接到安康醫院的通知——「王恒雷病危」。當她趕到西安醫科大學第一附屬醫院時，才知道丈夫已於兩小時之前出現昏迷，之後被送到該院。

在這家醫院搶救了半小時後，院方宣告病人死亡，死亡通知單上顯示：「因腦溢血而死」。事後閆西瑩忍住悲痛向檢察院報了案，檢察院也對死者做了死因鑒定，但從未將鑒定結論書面通知閆西瑩。

如今我對這起命案的一堆資料進行研究，對你的死因完全不得而知，對你臨死前的幾日在精神病院裏到底遭遇了怎樣的對待，也完全不得而知。但是所有關注、了解本案案情的人幾乎都相信，當初你若不是被非法強行拘押關進精神病院，你絕不會在二審前倉促間死去。換句話說，完全可以得出一個肯定的結論——王恒雷屬於「非正常死亡」。也正因為此，各地媒體在報導本案時，紛紛在標題或正文中冠以「老教師冤死於精神病院」。

一個守法的無辜的小學教員，一位從教數十載的老教師，一個為了妻女有個稍稍寬敞住所的一家之主，一個因居所困難向校方申請住房的教職工，在一個漆黑的夜裏，你倒在精神病院，死在醫院的病床上，再也沒能站起來。你相信公義，卻被有關當局以公義的名義剝奪了自由，以至於失去生命。

你死在冰冷的醫院太平間，你臨死前沒能見到親人最後一眼，也沒能看到自己案子的最終勝訴結果，你死猶抱憾。那個夜晚，你的家人抱頭痛哭流涕，家裏的頂梁柱倒下了，你的妻子孩子一連數日以淚洗面。

因為猝死，你到死也沒能分到學校裏的一間小小的房間。你申請住房只是為了能讓家人有個稍微寬敞的住所，希望孩子能有個稍大一點的學習休息空間，卻沒能看到孩子中學畢業的那一天、考上大學的那一天。

你年近六旬，原本再等幾年就可以自教師崗位上退休，然後安享晚年，到時候你就有時間專注於你的繪畫興趣和科技發明了，然而這一切的美好願景，全都被陰暗壓抑的精神病院給扼殺了。

你死於十一月的中旬，死於一個淒冷的夜晚。此時正值古城西安的深秋，西北大地已經很冷了，一片細細茫茫的寒霜瀰漫在大地之上。我想起了曾在長安居住的唐代詩人白居易的詩句，他在目睹官府欺壓百姓的暴行之後，報以憤激的控訴，也定然是你心頭的控訴：「剝我身上帛，奪我口中粟。虐人害物即豺狼，何必鉤爪鋸牙食人肉？」。

你死於新世紀的第一年，當許多人滿懷憧憬地追求自己的生活，你卻被送入不是牢獄的牢獄，成了一名無罪的「囚犯」，一名精神正常的「精神病人」。你有家歸不得，有冤無處訴，你每日流淚不止，最後被推入死亡的深淵。

那年我二十五歲，是晚你一個輩份的青年律師。作為一個立誓維護人權和社會正義的執業律師，懷抱理想主義熱忱的法律人，在媒體上獲悉你的不幸遭遇和含冤枉死，我深為法律蒙羞、難過，深為自己的法律人身分而羞愧，同時，感到一種深深的無力感。

你死於歷史文化名城西安的南郊。西安，作為華夏文明的發源地，古時盛唐帝國的首都，曾寫下中華文明史上最華彩的篇章，西安還是著名的世界四大古都之一。而今，我們祖先曾引以為傲的名城，卻成了奴役後代的牢獄；我們先人創造的盛世奇跡，變成當今人類文明的恥辱。

在俄國作家契訶夫的中篇小說《第六病室》中，描寫的一個沙皇時代瀰漫著陰森氣息和汙濁空氣的精神病院，「瘋子病人」伊凡・德米特裏奇憤怒地說：「他們怎麼敢把我們關在這兒？法律上似乎明白地寫著，不經審判就不能剝奪任何人的自由！這是暴力！專橫！」索爾仁尼琴在他描述蘇聯集中營現狀的長篇小說《癌症病房》中，主人公科斯托格洛托夫如此談到流放地的一條河：「這條河在沙漠中結束生命！一條河，不匯入任何水域，把自己最好的水和最好的動力就那麼一路分送給萍水相逢的朋友們——這豈不是我們囚犯生活的寫照！我們註定什麼也幹不成，註定只能背著惡名從這個世界悄然消失。」

這些，也定然是你的心聲、你的內心寫照。你的遭遇，就象那位因「反蘇宣傳」罪名被當局關進「癌症病房」的流放犯人科斯托格洛托夫一樣：在可怕的精神病院裏，無法做任何事，只能背著「擾亂公共秩序」的惡名，最後孤孤單單地從這個世界徹底消失。索爾仁尼琴借這部作品想要表達的主題，如今成為你的遭遇映現出來的真實現狀——新意識形態下的國家之所以形成，本來應當為了保障個人能過上幸福生活，但它卻一再以幸福來誘惑人把自由交出去，到頭來自由變成了奴役，幸福生活卻遠遠沒有兌現。

你死的那年二月，中國國務院新聞辦公室發布《中國人權發展五十年》白皮書，宣稱「中國人民在五十年中實現了人權發展的偉大的歷史性飛躍。」次年四月，中國國務院新聞辦發布《二〇〇〇年中國人權事業的進展》白皮書，總結二〇〇〇年中國人權狀況時宣稱，「二〇〇〇年是中國現代化發展進程中具有標誌意義的一年，也是中國人權事業繼續取得進展的一年。中國高度重視通過完善立法、公正司法和嚴格執法來保護人權，人權司法保障工作取得了長足的進展。」官方在總結這一年的本國人權狀況時，有欣欣自得的回顧，還有洋洋灑灑的自我誇讚之詞。而你，王恒雷，一個普普通通的中國西部城市一所學校的小學教師，一個向單位爭取自己合法權益的教職員工，在這一年剛拉開序幕的時候，失去了自由；在遭受了將近一年的非人道折磨之後，在這一年快接近尾聲的時候，失去了生命。

10

你死了之後，你的妻子閆西瑩和張西安律師繼續為這場訴訟奔走陳情，媒體和公眾也在為你的冤死公開籲請，希望法律能還一個無辜屈死的老教師一個公道。最終法院判決三被告之一的安康醫院承擔撤銷強制治療、賠償損失、作出道歉的法律責任，檢察院對安康醫院副院長寧來祥以涉嫌濫用職權罪逮捕，並進而提起公訴。

但是，對於原告要求另兩個被告公安分局派出所和教育局承擔法律責任的訴請，未能得到法院支持，後來檢察院對寧來祥提起的公訴，不知何故以撤訴結案，本案的刑事責任追究部分嘎然而止。面對這一結果，閆西瑩和張西安律師均表示非常不滿。

很明顯，受制於地方當局的司法機關，在這起「民告官」的官司中立場顯然是「官官相護」，而不是「為民做主」，使得本案的司法正義並未能完全實現。對於這起荒唐命案來說，公眾渴望見到的司法正義依然是一場難圓的夢，讓人沮憤，唯有付之一嘆。

在你死後的這十多年來，有關精神病治療中存在的諸多亂象一度成為社會關注熱點，此類爭論在輿論界持續升溫，新聞媒體、學者專家均呼籲盡快出臺《精神衛生法》，以規範精神病的收治和治療程序。

在二〇一一年的六月，隨著近年來各地「被精神病」事件不斷成為輿論焦點，中國國務院法制辦就《精神衛生法》草案向社會公開徵求意見。這是一部有著部分現代法治理念、但仍存在重大缺陷的法律，比如草案沒有宣布取消公安機關開辦的精神病院，又比如，中國「精神病與社會觀察」等民間組織致函國務院法制辦，提出草案仍存在很多不足，無法從制度上防止「被精神病」現象。

但畢竟出臺這部法律，總比目前精神病治療領域的混亂無序狀態要好一些，且可以以此為起點，逐步往精神病治療機制法治化和人權保障的方向努力邁進。然而這部從一九八五年就開始起草的法律，歷經二十六年也遲遲難以出臺。公眾希望能遏制中國各地的精神病院收治亂象，成為一場空想。

在你死後的這十多年來，為了實現「維穩」目標而採取「被精神病」的措施在中國有不斷升級的趨勢，類似於你的正常人「被精神病」事件不斷在各地上演，有因上訪被精神病的，有因揭發領導不法行為被精神病的，有因起訴單位被精神病的，有因討要工資被精神病的，有因替他人維權被精神病的，有因被市委下發紅頭文件被精神病的……

這片土地上難以計數與你經歷相似的國民，在公權力急風驟雨式的席卷之下搖搖欲墜，流離失所。你們因爭取公義而受苦，你們因渴望尊嚴而受難，你們在驚恐中度日如年，你們在陰暗的角落發聲唉哼，你們淪為這個國度的「不可接觸者」，你們成為自己國家中的「難民」。制度性擄掠在這個國家被披上了合法的外衣，將你們投入不見光日的坑窪，使你們陷入深淤泥中，讓你們難享平安、難伸冤屈。倘若不改變這個國家的治理心態，不將政府的首要職能定位為保障人權，不對肆無忌憚的公權力進行約束，一起又一起的被精神病事件還將難以杜絕，一聲又一聲的淒慘呼救還將悲啼不止。

流光易逝，如今距你離開這個世間已近十一個年頭了。世人已經漸漸將你的故事淡忘，但親人對你的思念從未止息，依然感念你生前對她們的照顧和付出。如今是初秋的九月上旬，遙遠的秦川大地應該正是秋意濃時，落葉也必紛紛揚揚。穿城而過的渭河晝夜滔滔流淌，那潺潺水聲彷彿在輕訴著你當年的淒慘遭遇。將近十一年過去了，你的魂魄會不會夜夜歸來，享受自由的呼吸，看那如煙的往事。

寫於二〇一一年八月二十八日至九月十日

那個死於勞動教養的上訪老農
——祭河南宜陽縣農民趙文才

耶和華啊！你見了我受的委屈；求你為我伸冤。他們仇恨我，謀害我，你都看見了。

那時，我必罰辦一切苦待你的人；又拯救你瘸腿的，聚集你被趕出的。那些在全地受羞辱的，我必使他們得稱讚，有名聲。」

——《耶利米哀歌、西番雅書》

1

「廣受爭議的勞教所死訊頻傳，名目多樣，有「洗臉死」、「睡覺死」、「沖涼水死」、「激動死」……

勞教制度在法理上缺乏基礎，在實體和程序上都存在重大瑕疵，在接二連三的非正常死亡事件的衝擊下顯得搖搖欲墜。」

上述這兩段文字，出自《世界博覽・半月刊》雜誌（二〇一〇年第十一期）的一篇報導，標題為：〈屢屢死亡與勞教所異化：「勞教制度」困局求解〉。從標題可以看得出來，該文是在近年來勞教所頻頻傳出非正常死亡事件的社會背景之下，探討如何革除勞教制度的弊端的。

作為一名曾經的法律人，我曾對「良法與惡法」問題有著相當的學術興趣，對現實中的一些「惡法」深惡痛絕，譬如收容遣送制度、城管制度、戶籍制度等等，我還記得自己在多篇學術論文中引述過「惡法非法」的學術觀點。也因此，勞動教養制度（簡稱勞教），作為當代中國「惡法」領域持續時間最長、侵犯人權程度最為嚴重的一項制度，更準確地說，一大弊政，自然是我所極為關注的。

這些年來，我陸續了解到許許多多的無辜公民被關進勞教所裏受盡折磨的案例，其荒謬、野蠻、醜惡和無良，曾令我憎惡，也令我驚顫莫名。

二〇一〇年的夏天，我在「中國新聞媒體觀察網」的「法治中國」欄目上，又讀到了一則有關勞教所非正常死亡事件的報導，這是一位河南的殘疾農民在勞教所冤死的案例。這篇報導的標題是：「八年前，宜陽縣農民趙文才耕牛被盜搶／七年後，上訪無果被勞教，離奇死在嚴管室」。

當我將這篇新聞報導稿打印出來一遍遍細讀的時候，窗外充沛的陽光斜斜地灑進室內，在我的周圍，編織成一種溫煦而又躍動的氛圍，可我的內心，卻被一股強烈的悲痛之情所充溢。

後來，當我看到這位河南宜陽縣的年邁殘疾冤死者臨死前幾張慘不忍睹的死狀照片時，頓感心如刀絞，繼而無法抑制地流淚。於是我低下頭來默禱，既為含冤受難的逝者，也為平息自己心頭湧出的悲憤情緒。心中滿盈的酸楚，仍是一如奔騰的海潮。

如今，對於我曾搜集過的眾多勞教案例，其中相當一部分勞教案例的具體細節，我已經記不太清楚了，但我仍清晰地記得這宗發生在河南宜陽的勞教冤死案例。我又想起了那天心頭的疼痛，和那無法控制奪眶而出的淚水。在這個日新月異紛紛擾擾的時代，我相信，所有的感觸都有它的意義。

此刻再回想起這宗案例，一句詩句倏地閃入我的腦海，那是十九世紀德國詩人海涅的那首膾炙人口的詩〈羅蕾萊〉。詩中的第一句是這麼說的：

「我不知道為了什麼，我會這般悲傷。有一個舊日故事，在心中念念不忘。」

2

這個舊日故事的主人公，名叫趙文才。

你是河南省洛陽市宜陽縣豐李鎮小李屯村的一名普通農民。如今，這個小小的村子已脫離了宜陽縣管轄，在行政上劃歸給了洛陽市洛龍區豐李鎮。小李屯村，是你們家族世代紮根生活的地方，祖祖輩輩就在這片屬於洛河流域的中原大地上以務農為生，耕作、開荒、種植、收成、生兒育女、養老送終。

這裏是你們家族賴以生存的土地，這裏見證著你們家族一代代人的生老病死、人生況味。這裏地處河南西部的淺山丘陵地帶，北部與屬於黃河支流之一的洛河相望——這是一個至今依舊偏僻窮困的地方。

你是一個地道的農民，一輩子與泥土相伴，也一輩子與黃土、鋤頭、鐮刀、農藥和化肥打交道，長年過著日出而作、日落而息、臉朝黃土背朝天的農家生活。

因為少時就失去了父親，為了體諒體弱多病的母親，照顧家中的三個妹妹，你在很小的年紀就下地幹活、擔負起養家的責任了。成年後隨著母親過世、妹妹嫁人、自己結婚生子，你又一肩挑起了這個家，開始為自己的家庭操勞忙碌了。

你特別地能吃苦耐勞，在田間地頭經營起莊稼來，有的是一身的力氣，無論是耕種，還是收割，你都是一把好手。北方的冬天天寒地凍的，你也要去田裏忙活一陣子，常常凍得滿臉通紅的。

等到了農閑季節，你又開始了自己的另一種忙碌：去鎮上做苦力，打零工，比如幹些搬運貨物、挖煤之類的活，掙點工錢以補貼家用。

你是一個勤勞的農人，也是一個幹活的能手，可儘管你平生盡力勞動，難得有閑下來的時候，在村裡幹活比誰都勤快，可你的一生卻仍然飽嚐了貧窮和拮据的滋味。五十多年的辛苦操勞，換來的是一輩子的窮苦生活。數十載辛勤的農家生活，幾十年窘迫的日子，你經歷了歲月的風吹雨打，一點點地變得佝僂、瘦小。在還不到六十歲的年紀，你就已經儼然像是一個滿頭白髮、滿臉皺紋、滿手溝壑的老人了。

儘管貧窮，可你和你的祖輩們一樣，仍是以土地為生，窮得安樂，窮得坦然，彷彿生來如此，從來都不怨天尤人的。儘管也常聽說村裏有人進城務工，但你從來就沒有動心過，你總覺得自己習慣了鄉間生活，你的生命，已經和這塊土地融合成一片了，你這輩子就在這裏生活，死了也要融化成泥土的一部分。

你的身上，有著農村人與生俱來的憨厚、善良、安樂，還有儉樸的品性。你平時從不捨得自己買新衣服，衣服穿破了總是補了又補，再繼續穿。你的身上常常穿著破了褲腳的褲子，和一件老舊的風衣——這件風衣是你的最愛。

你們家是小李屯村一戶普通的農家。你和妻子任妞共育有兩個孩子：長子趙現鋒，小學畢業後就放棄了學業，去了市郊小店區的一家工廠做雜工，工作崗位是在流水線上用丙酮擦拭汽車的散熱片；次女趙利霞，也是念完小學就輟學了，之後陸續在外打工，二〇一〇年年底又跟著二舅前往河南，當了一名焊工學徒。

3

上個世紀九十年代的後期，你從鎮上的耕牛市場購回了兩頭耕牛，為了買這兩頭牛，花掉了你們家的一大筆積蓄。從此後你就常常扛著犁和耙，趕著牛，到田地裏去耕田。

耕田的時候，你的雙腳浸泡在水田裏，頭上戴著斗笠，弓著身子，左手牽著牛繩和梏枝，右手扶著犁，口中吆喝著，微微低著頭，一步一步地向前耕田。若是在夏日，犁地耙田幹了不一會兒，你的全身就會被汗水浸透，濕了的衣服貼在身上，映出微微駝起的脊背。

這兩頭牛成了你犁地耙田的好幫手，又聽話又好使。你對這兩頭牛十分鍾愛，將它們當成自己的命根子，一年兩次的耕作就全指望它們了。為了讓牛圈保持清潔，你幾乎每天都要打掃牛圈，替牛更換墊草、清理牛糞什麼的。

一天數次，你會為兩頭牛準備好充足的飼料，給它們鍘細細的草料，餵它們水，有時你還會將一堆蘿蔔刨成絲，然後剁碎，再拌上米糠，讓它倆細嚼慢嚥。

有時，你會牽著這兩頭耕牛，到村外去尋找嫩綠茂密的草地，讓它倆在草地上慢悠悠地踱步，吃草，咀嚼。在天氣晴朗的日子，你會將它倆牽出牛圈來到太陽底下曬太陽，還用篦子對它倆從牛頭到尾巴、從腹部到四肢，進行全身的梳理——因為你生怕牛身上長出虱子。再不你就會在太陽底下為兩頭牛洗刷、撓癢。

每到這個時候，它倆就會時不時地伸出舌頭來，舔舔你的手心、手背。它倆大而黑的眼睛裏便盛滿了溫順和感激，這時你就會像對待朋友一樣跟它倆說話、聊家常。

在你的悉心照料之下，一直以來這兩頭耕牛都養得膘肥腿直，看起來十分的健壯，村裏人看在眼裏都非常地羨慕。

村裏熟悉你的人都說，你就像家裏養的兩頭耕牛一樣的忠厚、勤勞、老實巴交、讓人信得過。因此每當你到鎮上打零工，總會有村民託你順便辦點事，在農忙的時候，也會有人請你幫忙幹點農活。

還有一點與牛相像的，是你的脾氣。從小你的身上就有一股牛脾氣，性格特別地倔強，家人、親友都覺得你有點擰，不順服，有點較真，凡事都要講出個理來。這樣的脾氣讓你什麼事都講究規則，在村裏你從不亂扔垃圾，犁地時你總是避免踩踏到別人家的水田，看到村民亂丟狗屎或牛糞，你也會跑過去清理幹淨，連和家人朋友打牌時你也從不許別人耍賴、作弊。

你雖然一生貧窮，對錢財看得格外得重，但更看重的是「講理」，凡事就認一個「理」字，有一股「認死理」的精神。——你是一個像牛一樣倔強的人。

4

你沒有想到的是，倔強的性格會給你帶來厄運；你也沒有想到的是，有人盯住了你犁地耙田的好幫手、生活中忠實的夥伴——你最心愛的兩頭耕牛。

那一天，是二〇〇二年的四月二十六日深夜、二十七日凌晨。初春的村莊寧靜中帶著一絲寒意，在夜深人靜的時分，一幕越貨行劫的勾當在夜幕的掩蓋下正悄然進行。

凌晨一點半左右，同村和鄰村的農民趙宜有、牛長斌、趙留義、趙慶偉、趙新偉等五人躡手躡腳地來到你們家。這五個人先將你們家門口躺在角落昏睡的狗毒死，然後由三個人手持兇器把住幾個屋門，再由趙宜友、牛長斌二人翻牆而入，將兩頭耕牛盜走，牽出門外，同時有人將你們家的磚砌院牆搗了兩個大窟窿，隨後悄悄地逃走。

在這夥竊賊行竊的過程中，你睡夢迷糊中感覺到屋外有動靜，依稀聽出這幾個人是鄉裏遠近聞名、遊手好閑的獷悍無賴，平日裏盡幹些打架鬥毆、偷雞盜狗的事，也因此多次進出公安局派出所的大門。因怕家人遭殃，在那一刻你顯得膽怯而懦弱，嚇得大氣也不敢出一聲。

等到早上天一亮，你就帶上女兒趙利霞，匆匆趕到豐李鎮派出所去報案。當時派出所的警員還沒有上班，值班人員便讓你們回村等待，同時你的妻子任妞也撥打了洛陽市「一一〇」的報警電話。

回到家中過了一段時間，豐李鎮派出所來了兩名警員，他們的到來引起周邊群眾的圍觀。兩位警員到現場看了看又走了，臨走時說回去會通知縣刑警隊來現場勘察、拍照。可是在這之後，警方卻再也沒有人前來。

圍觀群眾散去後，盜牛團夥的家人留在原地，將你們家屋門外、圍牆上可能留下指紋的磚塊擇了一遍，以圖銷毀指紋證據。

在派出所警員和圍觀群眾離開之後，你和家人順著牛蹄印尋找，一路跟蹤到鄰村的油坊頭村，來到一戶開宰牛作坊的張雲發家門口，赫然發現兩頭牛就在張家，但張某拒絕歸還。你找到該村的村幹部，村幹部陳某去張家看了看，對你說：「一頭牛應值八千，給你四千，……，別把事情鬧大了。」他的這一說法讓你楞住了，你當場不置可否。

當天夜裏，張家將牛宰殺掉，用一輛人力三輪車、一輛機動三輪車，拉到位於洛陽市南昌路的肉牛養殖基地，賣掉了。

四月二十九日，你再次來到派出所，告知發現兩頭被盜的耕牛在鄰村油坊頭村張雲發家、及該村村幹部陳某提議折價賠償的事。派出所的接待人員露出一副不耐煩的樣子，打斷你的話，然後說道：「五一我們放假五天，等我們上班後再說這件事情。」

之後，豐李鎮派出所在你們家再三的要求之下，不得已傳訊了盜牛團夥趙留義、趙新偉等人，問完話後卻又將他們給放走了，自此警方對盜牛一事再無下文。

五月二日晚上，你的妹夫劉小民來到你家，此行他是受盜劫團夥委託，讓你去小李屯村村幹部、盜牛團夥之一的趙宜友親戚趙青三家進行私下「和解」，也就是「私了」的。劉小民的勸說遭到你的拒絕，你十分篤定地對他說：「我只要法律給我解決」。

因為你不斷前往派出所要求處理、以及你拒絕「私了」的態度，惹得這夥盜牛團夥惱羞成怒，此後他們便經常地糾集在一起，到你家門口滋擾，並且還時不時地辱罵你和你的家人，甚至有時還拳腳相加。

五月三日上午，盜劫團夥趙宜友、趙新偉、牛長斌、李念堂等人公然竄到你家毆打你，邊打還邊叫囂著：「我們打的就是你，怎麼著，反正公安局上下都被我們買通了。」然後，又將你拖到街上毒打了一頓。可是當你的家人前去報警時，派出所對此卻置若罔聞，不去追究兇徒毆打傷人的法律責任。

5

為了討還耕牛、尋求公道、追究盜牛一夥的盜竊、毆打傷人的法律責任，從此你和家人開始不斷地上訪。從縣城、市區到省城，從河南到北京，從一家單位到下一家單位，你們一家奔波於艱難困苦的漫漫上訪路。

二〇〇三年的一月六日，你和家人到河南省公安廳上訪，之後將省公安廳開具的一份督辦信函，送到了洛陽市公安局。

然而，省公安廳的這份督辦信函，並沒有使得這起案件引起重視，進而加以解決，反而使你再次受到盜劫團夥的傷害。

一月八日上午，趙宜友、牛長斌、趙留義、趙慶偉、趙新偉等五人埋伏在你家門口附近，當你從地裏幹活回村，剛走到自家門口時，他們趁你不防突然竄出來圍了上來，將你打倒後按壓在地上，撿起地上的磚塊，朝你的身上亂砸一通。

當日，你被打得渾身是傷，滿身是血，傷口處鮮血不停流淌，眼睛、鼻子也血流不止，右腿腿骨被砸成粉碎性骨折。後經法醫鑒定，傷情級別為「輕傷」。（依法規定傷害等級達

到「輕傷」，加害者已涉嫌故意傷害罪）

這次，你被盜牛團夥毆打得落下了右腿殘疾，需要拄著枴杖才能行走。此後，你艱難地拄著雙拐，到各有關機關單位繼續上訪。

一次，你拄著雙拐到縣委大院上訪，想向縣委書記反映情況，結果被宜陽縣公安局以「擾亂辦公秩序」為由，先後分別於二〇〇四年五月二十四日、八月十一日、二〇〇五年七月二十七日加以拘留，拘留時間分別為五日、十日和十五日。

拘押期間，拘留所幹警對你多次毆打、餓飯，還專挑剩的和壞的饅頭給你吃，並且指使其他被拘留人員毆打你。此外，拘留所幹警多次提出要你別再上訪，把此事「私了」，反覆勸說「賠你點錢算了」。對此，你的態度一如既往，依然不同意「私了」，堅決要求依法處理。

你和家人將宜陽縣的各大機關幾乎都跑遍了，市裏和省城也去了很多遍，但事情卻一直都沒能得到解決。無奈之下，到了二〇〇五年，你們夫妻倆便一起到北京上訪——這是你們最後的一點指望了。

但你們可曾聽說過，在北京，每天都有來自全國各地的截訪工作人員，他們來到京城的任務，就是專門攔截、跟蹤、圍堵地方上訪者，甚至會動用暴力、採取關押等措施，以阻止上訪者的上訪。

果不其然，宜陽縣公安局早就盯住了你們一家，該局派來的截訪幹警在北京將你倆抓住，毒打了一頓，然後遣送回原籍。返回之後，將你倆關押進了宜陽縣陳寨溝一處專門容留上訪者的拘押場所。

後來你倆費了一番氣力，從這家拘押場所逃了出來，再次來到了北京上訪。但這次，你們再度被宜陽縣公安局的截訪幹警抓住、毒打，並再度送回原籍，再又關進了陳寨溝的這家拘押場所，然後嚴加看管。這次，你倆總共被關押了二十天。

二〇〇五年六月十五日，正是農村收麥子的時節，宜陽縣公安局來人將你的妻子任妞逮捕，以所謂的「毆打了趙宜友的女兒趙新朋」的罪名。後經法院審理，以故意傷害罪判處任妞一年管制，她在看守所裏被關押了幾個月，最後看守所讓她簽署一份所謂「不上訴、不上訪」的保證書之後，予以釋放。

在你和妻子雙雙被釋放回家後，你倆又開始了不屈不撓的上訪，去省城，赴北京。期間，你們夫妻倆多次被地方截訪幹部接回，予以關押，也多次遭到毆打，你的牙槽骨讓人打壞，門牙也被打掉，你的傷殘程度更加嚴重了，幾乎已完全喪失了勞動能力，在村裏甚至就連拄著雙拐也不能種地了。

為了生活，也為了繼續上訪討個說法，到了二〇〇七年，你又來到北京。這次來北京你打算長住，每天以撿拾瓶子、撿垃圾為生，然後有空就時不時地到各大機關去上訪，反映案情經過，遞交上訪材料。

這一年九月初的一個晚上，你借住在老鄉的一間破屋子裏，被來京截訪的你們村長趙見聚、以及他帶隊的一群截訪幹部抓住，劈頭劈臉便是一頓好打，然後用車直接拉回洛陽。到了洛陽，你先被關進拘留所。過了一段日子，你又被轉移到另一個地方，一處新的羈押場所。那段日子任妞到處找不到丈夫，整日面容愁苦，以淚洗面。

任妞沒有想到的是，這次她丈夫在一個新的羈押場所，遭遇了這幾年上訪以來最嚴重的凌虐和折磨。她更沒有想到的是，在這個羈押場所，她那無辜的、殘疾的丈夫會被摧殘致死，再也沒能從監所裏走出來。

置她丈夫於死地的，是一個不是監獄的「監獄」，不是牢房的「牢房」，一個唯獨中國才有、世界各國絕無僅有的羈押場所——勞動教養所。其具體的名稱，叫做河南省洛陽市黃河橋勞動教養所。

6

現在，請允許我在講述趙文才的故事時，暫時在這裏停頓一下，讓我們先來看一看勞教制度在現代中國的前身今世。

六十多年前，一個「敢叫日月換新天」的新生國度誕生在古老的神州大地。連年戰爭的創傷還未及撫平，一連串疾風暴雨式的政治運動就接踵而來，源源不絕。在百廢待興的頭十年，就陸續有土改運動、鎮壓反革命運動、肅清暗藏反革命分子運動、三反五反運動、對武訓傳、胡風反革命集團、俞平伯紅學研究和胡適思想的政治批判、三大社會主義改造、農業合作化運動、反右運動、人民公社化運動、大躍進，等等無休無止的政治風暴，左一個運動，右一個批判，攪得神州大地雞犬不寧，血流漂杵。

在一九五〇年代政治運動的暴風雨中，一種師法前蘇聯的「古拉格」、而後形成了世界上僅中國獨有的社會管制制度，在這片土地應時而生。它將存在數十年，時至二十一世紀的今日，它已與當今的時代氛圍格格不入，卻依然屹立不倒。

它，就是勞教制度。它的全稱，是所謂的「勞動、教育和培養」制度。

這項制度，是在二十世紀五十年代的土改、鎮反、肅反、反右等政治運動中逐步建立起來的，迄今已足足超過半個世紀了。五十多年的風雨與滄桑，當時出臺的許多政策都已消散在歷史的煙塵裏，但勞教制度卻還頑強地存在著。

翻開一九五〇年代的歷史，當時出臺勞教制度針對的，主要是這三種人：其一，在運動中清查出來的反革命分子和其他壞分子（「其他壞分子」指政治騙子，叛變投敵分子等）；其二，某些直系親屬在土改、鎮反和社會主義改造中，被殺、被關、被鬥者的家屬；其三，遊手好閑、違反法紀、不務正業的有勞動力的人、政治上不適合繼續留用的人（主要指右派分子）。從收治的對象可以看出，勞教制度分明是那個年代「像嚴冬一樣殘酷無情」的階級鬥爭的產物，是所謂「塑造社會主義新人」的一項「創舉」。

可以毫不誇張地說，這一制度從誕生之日起，就是反人性、反人道、反人權的，堪稱現代社會中荒謬絕倫、殘民害理、逞兇肆虐的一項弊政，一件「惡法」。它不是監獄，只是所謂「把這些人集中起來，送到一定地方，讓他們替國家做工」的工作和勞動場所，卻與羈押、拘禁囚犯的監獄並無二致，其勞動強度相較監獄有過之而無不及；它不是學校，卻大言不慚地聲稱要對收治人員進行所謂的「政治、思想的改造工作」、「思想教育」云云，辦成所謂「教育人、挽救人的特殊學校」。

它的收治對象，並不是觸犯刑律的犯罪分子，而是所謂「不夠判刑的反革命分子、壞分子」（此係合法公民）、「運動中被鎮壓者的家屬」（此係「連坐」）等等被貼上特定政治標籤的公民，卻完全以對待囚犯的方式囚禁、管束他們。甚至於，收監的囚犯還有一定的刑期，被勞教的人員卻沒有明確的期限，被勞教者中，長達幾年、十幾年、甚至長達二十多年的比比皆是。

它的產生，並沒有經過周密的調研、論證和全民討論，只是有關機關揣摩、迎合偉大領袖浮想聯翩的階級鬥爭實踐的結果；它是一項剝奪人身自由的嚴厲處罰，卻並無拘捕、起訴、審判、上訴等法律程序，僅由公安機關內部進行封閉式的匯報審批、自行裁判、獨家決定，而毋須經過法庭審訊定罪，即可將公民收治關押，其程序上的獨斷性、隨意性和主觀性令人咋舌；它的產生和存在，沒有法理的基礎，也缺乏立法機關出臺的任何法律，僅憑執政黨高層一紙所謂關於「徹底肅清暗藏反革命分子」的指示，最高行政機關一紙所謂關於「勞動教養問題」的決定，就可以長期地剝奪公民的人身自由。

在這樣一種「無法無天」的虐政之下，盈千累萬的共和國公民被剝奪了自由及各項公民權利，被貶為政治賤民，淪為現代版的奴隸，在惡劣的環境中從事繁重超負荷的體力勞動，流離失所，受盡折磨，妻離子散，家破人亡。

7

現在，讓我們具體一點，從勞教制度的個案來審視勞教制度吧。讓我們就從活生生的具體案例來看一看勞教制度的面目，看看它在我們的國土之上究竟製造了怎樣的苦難和傷痛，展現了怎樣的猙獰和暴虐，再看看它製造了多少的淒慘冤魂。

如果你覺得勞教農場似乎離你的生活很遠，讓你覺得有些隔膜，那麼就請你聽一聽那些尋求、述說歷史真相的言說者的聲音吧。

二〇〇二年，天津作家楊顯惠出版了紀實性文學作品《夾邊溝記事》，講述了甘肅酒泉一處昔日羈押右派分子的勞教場所——夾邊溝勞教農場——裏頭眾多受難者的故事。為撰寫這本書，楊顯惠歷時數年搜尋並採訪了一百多位當事人，包括當年的倖存者和管教幹部，同時查閱大量相關資料，實地考察現場，終於揭開了一段黑暗、罪惡的歷史的黑幕。

在一篇書評〈楊顯惠揭開夾邊溝事件真相〉中，媒體人李玉霄如此敘述道：「一九五七年十月至一九六〇年底，這裏關押了甘肅省近三千名右派。在天寒地凍的沙漠中，他們與世隔絕，終日勞作，並且經歷了罕見的大飢荒，幾乎吃盡了荒漠上能吃的和不能吃的所有東西，最後被活活餓死——三年時間裏，餓死的右派數以千記。這是一段聽來讓人驚駭、讓人撕心裂肺的歷史。由於可以想見的原因，它就像荒漠中的一具屍骨……三千名右派，大面積地死亡，死到最後只剩下幾百人，死得很慘……」

另一位勞教農場的幸存者和鳳鳴，在她的《經歷——我的一九五七年》一書中回憶道：「酒泉夾邊溝農場對送來勞動的右派成員進行了有組織的虐待、迫害，導致大量右派成員因飢餓等原因非正常死亡，包括我的丈夫王景超。……夾邊溝農場貧瘠而嚴重鹽堿化的土地的收穫物，根本無法使二千多勞教分子果腹。從省上到張掖地區到農場，堅決貫徹執行的是對勞教分子的改造與懲罰，這二千多人的生存條件如何，以夾邊溝的土地面積、生產條件，能不能讓二千多勞教分子憑靠種田養活自己，從以後的結局看，那時並沒有人想及。……右派們到了夾邊溝後，迎接他們的，是勞累、寒冷和飢餓。

對於打入另冊的右派而言，只要在夾邊溝一天，勞動，超強度的體力勞動，就既是手段，也是目的。他們已經不是教授，不是工程師，不是大學生，不是幹部，不是優秀團員，他們只是要被管教的勞教分子。管教人員大多出身行伍，他們對西北地區的農業生產所知了了，於是一年四季裏，幾乎天天都要安排繁重得超出體能的農活，同時輔以生產競賽，讓那些戰戰兢兢、誠惶誠恐的右派們每天勞動十二小時甚至十六小時，拚盡全力，以致於累得在地上爬。……因為夾邊溝的死難者掩埋得過於草率，屍骨暴露於荒野，累累白骨綿延兩里多路，後來當地的農民多有怨聲，直到一九八七年才由酒泉勞改分局派人重新集中埋葬。」

而《夾邊溝記事》一書的作者楊顯惠，則用細膩的筆法向讀者展現了一幅勞教農場上血淋淋的、慘不忍睹的真實場景——

在文集中的〈一號病房〉一文中，作者是這樣描寫的：「夾邊溝農場的右派們奉命遷徙到高臺縣的明水鄉後就陷入絕境，沒糧食吃，沒房子住，沒有煤燒，寒冬又急遽降臨。到了十一月下旬，人員的死亡就進入不可遏止的狀況。農場領導慌了手腳：儘管他們多次向地委匯報情況嚴峻、請求援助的行動遭到嚴厲的訓斥——地委書記說，死幾個犯人怕什麼，搞社會主義哪有不死人的？你們的屁子鬆了嗎！」

文集中的另一篇〈夾農〉，則讓讀者了解在勞教農場裏，右派們除了承受監禁、飢餓、苦役種種折磨之外，還經常遭到農場管教幹部的殘忍虐待。有一天，農場教導員宋有義姦汙一名女右派豆維柯讓人發現，人們紛紛議論此事。惱羞成怒的宋有義召集全體女右派到場部開會，當場宣布將「到處造謠」的兩名女右派李懷珠和張香淑進行「嚴厲懲治」。他從褲子口袋裏掏出兩副手銬，嘩的一聲扔在地上，幾個積極分子就把李懷珠和張香淑銬起來了。銬的是背銬。背銬就是一隻手在前，從肩膀上拉過來往下拉，另一隻手從背後往上拉，用一副手銬在後背上把兩隻手銬起來。人們把這種銬人的辦法叫蘇秦背劍，是最厲害最殘酷的一種銬人的方法。

兩個二十多歲的女人被人用背銬銬了起來，銬的時候旁人就聽見她們的胳膊關節和筋骨發出「咯巴咯巴」的響聲，她們的喉嚨發出淒慘的斷了氣一般的慘叫聲。那幾個男人一鬆手，兩人就身不由己地趴在地上了。這時，宋有義又問：你們還造謠惑眾嗎？兩個人被銬得連氣都喘不上來，疼得嗷嗷地哭，哪裏還說得出話來。宋有義又喊，給我關起來！那幾個男人就把她們拖到辦公室旁的一間空房裏去了。

拖她們的時候，她們根本就不能走路，身體蜷成了小小的一團，頭不由自主地往後仰著，像是後背上有根筋抽著她們的頭。她們的臉色慘白，淚水從她們臉上流過，豆粒大的汗珠子脖子上滾動。她們的腿可憐地蜷著，懸在空中。……她們自己說的，她們的胳膊一銬起來，扯得全身都疼，跪在地上動彈不得。後來就趴在地上了，一直趴到天亮。張淑香那天剛好來月經，銬起來後月經流得特別多，把褲子浸透了，把趴的地方浸濕了。

在講述了一個個勞教農場受難者們受盡摧殘折磨的故事之後，作者沈重地發出一聲嘆息：「右派們的敘述在我心中造成的震撼歷久不息」。讀至此，我再也忍不住為勞教受難者們捶胸一哭！

勞教農場裏種種觸目驚心的場景，勞教受難者們種種悲慘的遭遇，讓人讀後心頭像是壓著一塊沈重的石頭，久久難以呼吸，也讓人看清了勞教制度的真實面目，以及階級鬥爭極左體制的內核。

然而，這幕令人目不忍睹的人間慘劇，並沒有隨著極左時代的結束而走入歷史。換句話說，勞教制度帶給這片國土的噩夢，並沒有完。

8

時光來到二十世紀七十年代末期，歷史翻到改弦更張的一頁，三十年的紅色政治風暴悄然遠遁，階級鬥爭極左體制開始有所鬆動。中國的經濟與政治局面出現驟變，漸漸地，中國的社會面貌、法治和人文環境、國民的法律意識業已漸次發生變化，一個個政治運動或走入歷史或被否定，成為遠年的記憶。

當年那些服務於階級鬥爭體制和計劃經濟的制度、法規或政策，也因此而絕大多數或廢或改，在最近的這三十多年來，已難覓其昔日的影蹤了。

但是，作為階級鬥爭體制之餘孽的勞教制度，卻並沒有因此而走向消亡。相反，在近三十年來，它依然在中華大地上頑梗地存在著，繼續地逞性妄為，繼續地為非作惡。但在新的歷史時期，它畢竟要改頭換面了。在某些方面，它確實有所收斂，而在另一些方面，它作惡的行徑卻變本加厲了。

在性質上，它從「政治鬥爭的工具」、塑造「社會主義新人」的手段，轉變為新的歷史時期所謂「社會管治的手段」；在羈押時間上，它不再像前三十年那樣沒有期限，動輒好幾年、十數年甚至二十多年，而是規定了剝奪公民人身自由的期限為一至三年，最長可延至四年。但是，勞教針對的行為並未構成犯罪、達不到刑罰的層次，勞教的期限卻長於刑罰中的管制刑和拘役刑，實為荒謬之至。

在法源上，它在原先的「指示」、「決定」的基礎上，又陸續出臺了中央級行政機關的「補充規定」、「試行辦法」等部門規章。但是，根據中國憲法中「任何公民，非經人民檢察院批准或者決定或者人民法院決定，並由公安機關執行，不受逮捕。禁止非法拘禁和以其他方法非法剝奪或者限制公民的人身自由」、以及法律中「限制人身自由的強制措施和處罰，只能制定法律」的規定，勞動教養並未經檢察院或法院的批准決定，勞教制度並無立法機關出臺的法律，因此毋庸置疑的，它是一項非法剝奪公民人身自由的制度設計，一種既無法律之名、亦無法律之實的「法外之法」，一種明顯違憲違法、危及公平正義的「非法」制度。

在適用範圍上，相比前三十年的政治掛帥，它在適用範圍上不斷地加以擴大，從以前的政治案件，擴及到治安案件、民事糾紛乃至所謂的不服從領導、違規上訪等等之類的行為，成為一種幾乎無所不包的剝奪人身自由的處罰措施；在收治對象上，它從以前所謂的「反革命分子」、「其他壞分子」、「被鎮壓者的家屬」、「右派分子」，擴及到治安案件當事人、上訪者、維權行動者、不服從領導者、宗教信仰者、貪腐舉報者等等。

在收治程序上，隨著警權的進一步膨脹，勞教的隨意性、封閉性和獨斷性進一步加強。尤其荒唐的是，公安部門既是勞教唯一的審批、執行機關，同時又是不服勞教進行申訴的復查機關、錯案的糾正機關。這種缺乏制約和監督的辦案制度，使得公民完全處於被動的處境，無法申辯也無法向其他的部門申訴，導致勞教審批的極其隨意和冤假錯案的大量產生。

甚至於，在新的歷史時期，它還出現了花樣翻新，成為一些部門隨心所欲的整人工具，打擊迫害上訪舉報者、維權行動者的工具，譬如一些地方官員可以隨意將自己不喜歡的人送去勞教，譬如為了實現部門的「創收」，將勞教當成一種有利可圖的斂財手段，以牟取部門利益的工具，又譬如由於取證困難、證據不足，或由於經費緊張、人手有限，或由於案情復雜、無法查清，或由於超過法定羈押期限無法偵查結案，如此等等的案件便幹脆判個勞教了事。

一言以蔽之，僅憑幾份既含糊又草率的政策性文件，使得勞教幾乎可以網羅一切「夠不上定罪判刑、又不情願釋放」的公民，成了當局懲罰那些其找不出罪名、而又必欲整之的公民的一種「殺手鐧」。

二十世紀德國法哲學家拉德布魯赫對「惡法」有過一番經典的論述，依據這位洞諳納粹暴政內核的德國學者的定義，也即「惡法非法」的「拉德布魯赫公式」：「凡是以背棄人類理性，漠視人的尊嚴、踐踏人的權利為特徵的法都是法下之法，法下之法是惡法，惡法非法也。」對照這一法學經典論述，勞教制度無疑是徹頭徹尾的——「惡法」。無疑它並不是法律，而是罪惡。

這樣一種百弊叢生、積弊難除的收監制度，威脅著全社會每一個人的人身自由，今天發生在勞教所內勞教人員的身上，明天就有可能發生在我們每個人的身上。想到它諸多的弊端，和它長期的存在，意味著我們每一個社會成員都存在著「被勞教」、而隨時失去人身自由的風險，想想真讓人不寒而栗。誰又能夠擔保，自己不會突然哪一天因與周遭環境發生抵牾，而猝然間落入勞教的制度陷阱呢？

關於勞教制度的弊端，在這片土地上生活的中國人啊，請讀一讀北京理工大學經濟學教授胡星鬥的論述吧。二〇〇三年十一月九日，這位建立了「中國問題學」觀點的北京學者，以公開信的形式發出〈就廢除勞動教養制度致中共中央、全國人大、國務院的建議書〉。在這封建議書當中，他是這麼呼籲的——

尊敬的中央領導人：您一定知道，因為冤屈上訪、與「領導」不和、舉報腐敗、無辜牽連、不明不白地錯誤被抓、判刑無證據又不願放人等「莫須有」的罪名或因素，許多人被勞教，致使妻離子散，甚至家破人亡。在太平盛世的當代中國，此種人間悲劇不應當繼續上演了。在此，我鄭重建議：盡快廢除勞動教養制度。……

最近中央不容許超期羈押，許多地方就將證據缺乏或證據不足的案件以勞教處理，而且一律三年；一些地方公安當局花大量的精力、財力，抓大案要案，未等事實弄清楚就急於宣傳出去；後來發現抓錯了人，也不放人，為了表明當局沒有辦錯案，便對無辜者處以勞教；有的公安機關對一些在法定羈押期限內無法偵查結案提起刑事訴訟的案件，取證困難、證據不足，怕移送起訴後被退查的案件，辦案經費緊張、辦案人手有限，畏於追查的案件，或案情復雜根本無法查清的案件，都處以勞教了事；有的地方對違法人員只由辦案人員一人進行訊問，或由聯防隊員盤問，由辦案人員事後簽名，匆忙將人處以勞教；有的地方形勢一緊就把一批人送去勞教，一律勞教三年，把一些本不應當被勞教的人予以勞教；有的辦案單位為完成上級下達的創收指標，或受自身利益的驅動，以勞教相威脅，對賣淫、嫖娼、賭博、吸毒等處以高額罰款。勞教成為創收的工具。

有的把屬於道德調整範疇的人、因民事糾紛引起的一般打架鬥毆，情節顯著輕微的送去勞教；有的把法規禁止收容的精神病人、殘疾人、嚴重病患者和懷孕或哺乳未滿一年的婦女，以及喪失勞動能力者送去勞教；有的突破勞教對象年齡的限制將未滿十六周歲的人送去勞教；更有甚者，有的地方領導人徇私枉法，蓄意報復，隨意將自己不喜歡的人、給自己提過意見的人、正當申訴的人、上訪維權的人進行勞動教養。而這只需經過公安局有關科室的批准，不需經過任何形式的取證、控辯、一審、二審等程序；有的公民因為投訴腐敗而被勞教；有的因為會見記者暴露地方上的問題而被勞教；有的因為發表文章抨擊形象工程而被勞教；有的因為在涉案的公司打工而被勞教；有的因為為別人說了一兩句公道話而被勞教；有的因為有前科遭遇「嚴打」而被勞教；有的因為錯抓而被勞教；有的僅僅因為一句玩笑話如「揀了你的手機，還不請我吃一頓？」而被勞教。

大量的事實證明，勞動教養制度已成為一部分官員作惡的工具。我所接觸的許多有良知的地方官員都表達了對勞動教養制度的不滿。一位地方公安局領導表示：「我就頂著壓力，一個勞教的案子也不辦。因為勞教制度太壞了，真的太壞了！」

在經過了充分的擺事實、講道理之後，在這封建議書的最後，這位北京學者發出了一聲鄭重而又嚴肅的呼籲——盡快廢除勞動教養制度！

9

現在，讓我們從媒體曝光的一些具體案例，來凝視當代中國的勞教制度，來看一看這個張著血盆大口的制度怪獸，怎樣吞噬了這片土地上一個又一個公民的羸弱身軀——

《新京報》（二〇一〇年四月十四日）載文，〈何紅兵：勞教所緣何屢屢成為「死亡之城」？〉：河北唐山荷花坑勞教所一名叫董雄波的學員，因患病長期得不到有效治療，而且被要求從事體力勞動，導致健康極度受損，於四月九日在保外就醫時死亡，年僅三十七歲。身高一・八米的董雄波死時體重僅三十五公斤。全身皮包骨頭，就像一具骷髏一樣。此事件被稱為「骷髏死」。

《鄭州晚報》（二〇一〇年三月二十六日）報導，「內蒙古二十歲少女死在戒毒所屍檢被拖四個月」：二〇〇九年十一月八日，內蒙古二十歲少女郗紅在隸屬於內蒙古女子勞教所的戒毒所內死亡，戒毒所於二〇〇九年九月二十二日收治郗紅時，對她進行過例行體檢，沒有發現異常（未懷孕），勞教局稱她因「異位妊娠、失血性休克致多臟器功能衰竭」死亡。此事件被稱為「妊娠死」。

《京華時報》（二〇一〇年五月七日）報導，「河南開封勞教學員沖涼死續：勞教所大隊長被拘」：二〇〇八年三月十四日，在氣溫很低的情況下，開封勞教所二大隊大隊長楊某稱學員穆大民多天沒洗澡，讓兩名學員架著穆大民，在自來水龍頭下沖水。當時氣溫很低，沖完水後穆大民倒在地上，喪失知覺，隨後因腦血管破裂死亡。隨後，楊某因在「沖涼死」事件中涉嫌瀆職被刑拘。

《華商報》（二〇〇三年九月四日）報導，「勞教人員因口角打死同伴」：二〇〇三年八月二十二日，陝西省戒毒勞教所三大隊勞教人員惠曉東，因口角被同監室勞教人員打死，之後該勞教所幾名管教幹部受到處分。

《北京晚報》（二〇〇三年八月二十五日）報導，「葫蘆島勞教人員張斌被折磨致死前前後後」：二〇〇三年四月十六日，遼寧省葫蘆島市勞動教養院勞教人員張斌，在連續一個月遭受「老虎凳」等酷刑、長期被其他十三名勞教人員毆打後突然死亡，身上遍體鱗傷，其狀慘不忍睹。之後，多名涉案人員被批捕，數名勞教幹部遭處分。

《民主與法制》（二〇〇九年第三期）報導，「郭光允：告倒程維高之後」：河北省石家莊市建委幹部郭光允，在一九九四年至一九九五年間舉報河北省建築市場的腐敗問題，被省領導授意「判幾年徒刑」，但因缺乏證據，於一九九六年被以「誹謗省主要領導」的罪名判處勞教兩年。出獄後落下糖尿病等各種疾病。

《南方周末》（二〇〇一年九月七日）報導，「舉報慕綏新馬向東被判勞教、反腐鬥士周偉獲釋」：一九九八年，遼寧沈陽離休幹部周偉因舉報沈陽市市長慕綏新、副市長馬向東等人腐敗問題，於一九九八年五月被送入沈陽龍山勞動教養院接受兩年勞教。

《法制日報》（二〇〇二年一月十八日）報導，「揭發山東棗莊一教委主任腐敗行為，舉報者竟被勞教」：山東棗莊記者賀某因舉報棗莊教委主任腐敗行為，於一九九八年十二月被棗莊市勞教委以「誣告」罪名判處勞動教養三年。

《北京青年報》（二〇〇四年四月二十九日）「對信訪女村官實施拘留是違憲行為」：湖北省咸寧市通山縣大路鄉塘下村農婦、民選村官余蘭芳，因到鄉、縣、市、省反映「村小學教學樓建成豆腐渣」、「村財務十幾年未公開」和「稅費改革違反上級政策」無果，不得不進京上訪，於二〇〇三年被咸寧市公安局判處勞動教養一年半。

《民主與法制時報》（二〇〇七年七月二十三日）「知名舉報人李文娟終獲賠償」：二〇〇二年，遼寧鞍山市國稅局工作人員李文娟，舉報該市國稅局存在違法違規行為，被以「敗壞鞍山市國稅局有關領導的名譽、進京無理上訪、擾亂了國家機關工作秩序」罪名判處勞教一年，後起訴至法院，李文娟獲得勝訴，並撤銷勞教決定，另獲得國家賠償。她在勞教所落了一身的慢性病，心臟病、腦血管病、肺病，視力急劇下降，牙齒掉了四顆……

《新快報》（二〇一一年八月九日）「一元勞教案，荒誕離奇的一元勞教案，總有一些新聞讓人悲涼無力」：二〇〇九年，江蘇常州三名婦女進京上訪，在乘坐十四路公交車時，司機崔林以車上有上訪人員為由報警。時隔一年多後的二〇一〇年七月，常州市公安局天寧分局「突然想起」這件事，以三人拒不購買一元公交車票為由，將她們先拘留，後常州市勞教委判處三人各勞教一年。被媒體稱為「荒唐離奇的一元勞教案」。

……

這些經媒體曝光的近些年來的勞教案例，連同經披露的前三十年勞教農場裏的黑幕，堪稱一樁樁令人髮指、讓人震驚、蠻橫暴厲的人間惡孽；這些受盡折磨的勞教受難者們，以他們慘痛的經歷或是悲慘的死亡，為五十多年來數不勝數的勞教罪惡留下了歷史記錄。

可我知道，如今這些暴露在陽光下的內情黑幕，僅僅是勞教制度的冰山一角罷了，僅僅是成千上萬勞教制度下被侮辱被損害者群體中的片鱗半爪罷了，而尚未被曝光、或將永沈海底的還難以計數。

並且，這些慘不忍睹的勞教事件，絕不是某一個勞教農場的個別、偶發現象，也不是某一個勞教委、某一個勞教事件責任者的個別、偶發行為，而是一個長年存在的「長期的惡」，一個存在於這片土地上星羅棋布的勞教農場上的「普遍之惡」，同時也是一個被整個國家制度系統予以認可、縱容甚至鼓勵的「制度之惡」。

五十多年來，這樣一種長期的、普遍的、制度的惡，就這樣一日不曾中斷地肆虐在中華大地上，至今還仍然堂而皇之地存在著。嗚呼，我不知道這樣的罪孽何日是一個盡頭？！

10

無論是作家的紀實性文學作品、勞教農場幸存者的回憶錄，還是學者專家的調研成果、專業記者的媒體報導，讀來都讓人心悸、驚駭、難以置信，繼而止不住地痛心、悲泣、義憤填膺。

在二十一世紀初葉的今天，這些勞教制度的具體案例，像冰瀑一樣顛覆了我們心中最基本的信念與價值，甚至那些終日研究權威主義體制之弊病的專家學者，在面對此情此景時也會震驚得無以復加。

我相信所有擁有正常思維的讀者，面對這些血腥恐怖、蠻橫無理的勞教事件，均會感到日常的思維和邏輯在這一刻通通不再管用了。勞教農場在名義上並不是監獄，卻比監獄還要黑暗，還要殘暴而又肆無忌憚；勞教制度並沒有合法存在的依據，竟如此地飛揚跋扈、蠻橫無度。這個靠鐵絲網、鋼槍和血汗工廠支撐起來的法外王國，儼然已成為中華大地上最黑暗的角落；這個非法、荒謬、蠻暴的制度體系，儼然已成為當代中國積久難治的痼疾。

這些勞教農場、勞教所裏所謂的「勞教人員」，這些命若螻蟻、命運比泥土還要低賤的人們，他們絕大多數是這個國家中的合法公民，其中的許多人是有良知、有社會責任感的優秀公民。在勞教制度的前三十年，他們是所謂的「反革命分子」、「其他壞分子」、「在運動中被鎮壓者的家屬」、「右派分子」，他們只不過曾在一個國際社會承認的舊政權裏謀過一份飯碗，或是農村基層中平常得罪了基層領導的貧苦農民，或是親人在政治運動中被鎮壓而受到牽連，或是中了當局「陽謀」的計而發表自己思想觀點的知識分子。

在勞教制度的後三十年，雖有部分是治安案件的涉案當事人（但應通過其他的社會管理制度去解決），但就我所掌握的資料來看，他們中的許多人都是遵紀守法的普通公民，他們只不過循合法途徑向有關部門正當申訴，或是固守家園拒絕房屋的強制拆遷，或是捲入了某宗普通的民事糾紛，或是為自己或他人的合法權益進行上訪維權，或是舉報檢舉了某個工程項目或官員幹部的腐敗問題，或是因發表文章批評地方政府的形象工程，或是接受記者採訪透露了地方上存在的問題，或是堅持過自己的信仰生活而不肯放棄，或是一不小心得罪了單位領導或地方官員。

於是在這逾半個世紀的日子裏，他們就在「階級鬥爭」、「維護治安」、「維護穩定」等等此類的口號之下，被堅甲厲兵的國家機器以國家的力量踩在腳下，瑟瑟發抖，以國家的名義投入勞教農場或勞教所，戰兢度日。

在這個可怕的地方，他們將被迫從事高強度的體力勞動，被動接受大而無當的思想改造。他們的權利、健康、尊嚴、甚至於生命安全均得不到保障，像螻蟻一樣屈辱地活著，像祭牲一樣淒涼地死去。

這樣一種雷霆威懾、荼毒千萬生靈的國家機器系統，一種肆虐長達半個多世紀、且至今仍在持續的制度系統，讓我想起了法國作家左拉在抨擊司法機器濫用權力時所形容的——「最黑暗的國家犯罪」。

說它是一種「最黑暗的國家犯罪」，我想，是恰如其分的。今天，就讓我們再度體味一下這位十九世紀法國作家的話，思考一下在當代中國，到底該如何防止這一「最黑暗的國家犯罪」對公民自由和權利的肆意踐踏。

與此同時，讓我們來看看一位勞教受難者的悲慘遭遇，看看這種「最黑暗的國家犯罪」，怎樣地將一個可憐的農民打入苦難的深淵，最後將這個無辜的公民變成了一具屍體。

這是河南省宜陽縣一個年事已高的普通農民，也是一個普通的上訪者。這位普通的農民，是千千萬萬因遭遇不公進而上訪、被攔截之後飽受打壓的上訪戶的標本，也是千千萬萬在勞教農場或勞教所裏受盡苦難折磨的勞教受難者的標本。

11

被關進勞教所的那一年，你已經將近六十歲了。因為家中精心飼養的兩頭耕牛被盜，你前去報案反而屢次被盜賊毆打，直至被打成傷殘，對此當地警方竟放任自流，消極辦案。

你實在嚥不下這口氣，遂逐級地進行上訪，四處訴苦求告，以求討個「說法」。但你多次在市區、省城和京城被地方當局派出的截訪工作幹部攔截，也多次地被拘押，每次拘留時間從五日到二十多日不等。在看守所、拘留所裏，你經常地遭到毆打，伙食極差，僅能吃到發黴的饅頭。

但是你的性格倔犟、執著，心中認定了這個社會總該有個說理的地方，因此在看守所、拘留所裏儘管處境艱難，可你還是數次拒絕了公安局的「私了」要求。到後來，你遭遇的打壓進一步升級，你被送往一處比看守所和拘留所更可怕的地方——勞教所。

在一個秋日的上午，你今生最慘怖的一段經歷開始了。

這一天，是二〇〇七年的九月十三日。這天，在你被關押的拘留所，來了宜陽縣公安局的兩名警員。

他們此行的目的，是向你發出「最後通牒」的，也即，最後一次向你提出「私了」的要求：與盜牛一夥私下解決。他們的勸說簡單又直接——「賠點錢算了」。

這天的你依然堅執不從，依然堅決不同意「私了」，同時一如既往地要求「依法處理」。聽到你的這番答覆，來人臉色一沈，厲聲說道：「不行的話，我們就採取錯辦法。」

他們口中的「錯辦法」，指的是對被拘留人採取「勞動教養」，一種他們對待「難纏」的上訪戶、轄區的「麻煩製造者」屢試不爽的強力手段。當天，你就被以所謂「多次到北京非正常上訪，嚴重擾亂了國家機關工作秩序」的罪名，判處勞教一年零三個月。刑期，截止到二〇〇八年十二月十三日。（依法規定，喪失勞動能力者不應被勞教。）

翌日，你被轉送進了洛陽市黃河橋勞教所。接下來的日子，你在這家勞教所裏嘗盡了餓飯、飢渴、寒冷、孤獨、絕望、體罰和毆打之苦，並且勞教到期之日竟得不到釋放，繼續地被非法關押。最後，你竟真的如他們曾揚言的「你再告，就關到你死為止」，在勞教所裏步入死亡之途。

此刻，就讓我截取幾個你在這家勞教所裏所受遭遇的片段，借以回顧一下在死亡來臨前夕、你在勞教所裏所承受的苦難——

二〇〇八年三月六日，你因購買的食物被勞教所的管教員盜走吃掉，氣得渾身直哆嗦，遂與管教員發生了爭吵。不由分說地，你的行為被管教幹部認定為「違規」，要以所裏規定進行懲處。就這樣你被關進了一米見方的「禁閉室」，禁閉期限為十日，每餐只供給一個饅頭、半碗稀粥。在這間小小的禁閉室，你受到的是比以前在監室更加非人性化的對待。

更糟糕的是，這時你的枴杖被「獄頭」（勞教所監舍室長）跺腳折斷了，使得你在「緊閉室」裏，僅能坐在冰涼的水泥地上，要走路時只能在地上挪著走。坐著或躺在水泥地上時間久了，因為水泥地汲取熱量，你的背脊常常變得發冷，身子骨常常不住地打寒顫、發抖。

二〇〇八年九月二十八日，勞教所對全所勞教人員進行了一次例行考核，內容包括跑步、走隊列等等。負責考核的一名科長明知你腿有殘疾、無法走路，卻故意地要求你做「齊步走、跑步走」的考核動作。因考核未過關，這次你被關進了空無一物的「嚴管室」。

在這間「嚴管室」裏，你的境遇進一步惡化。接下來的日子無論秋寒還是嚴冬，在白天你只能坐在冰涼、濕冷的水泥地上，夜裏則是躺在地上睡覺，鋪蓋每晚十點送來，次日凌晨五點定時取走，每餐仍然僅能得到一個饅頭、一小碗湯。更可憐的是，腿患殘疾的你不僅沒了枴杖，在這期間，你唯一的那條健康的腿又被人打傷。從此，你再也無法站立起來了。

二〇〇八年十二月八日，你和另外幾名患病的勞教人員，在所裏接受駐所醫務人員的診療。當時你們當中的一名勞教人員因嗓子有疾，無法發聲回答醫生的提問，只能打手勢比劃著，在一旁的你理解了他的手勢，就隨口替他回答了。這被在場看管的管教幹部看到了，按勞教所規定勞教人員是不可以隨便說話的，他便朝著你大聲吼叫，說要懲罰你，「給你點顏色看看」。

頃刻間，他就指使數人對你進行毆打，且在一日之內對你陸續毆打了三次，導致你的身體受到嚴重損傷，躺在地上不住地發出「哎喲哎喲」的痛苦呻吟聲，豆大的汗珠順著臉頰往下流淌。後來看到你躺著不能動彈了，呻吟聲漸漸沒了，管教幹部這才將你拉到醫生面前治療。

二〇〇八年十二月十三日，是你一年零三個月勞教刑期屆滿的日子。當日你以為勞教所會將你釋放，但是你左等右等，一直不見有人叫你出去。到了下午，你便對著室外大聲叫喊：「今天到期了，放我出去！」不一會兒，來了一名管教幹部，此人冷若冰霜地厲聲向你宣布：「鑒於你的表現不好，而且至今拒不放棄上訪，我們決定對你繼續關押！」

聽到這話你頓時傻了眼，一下子癱倒在地，剎那間心如死灰，不知道這樣黑暗的日子還要持續多久。就這樣勞教所刑滿到期了卻不放人，明目張膽地予以「超期羈押」，並且，也未將延期的決定通知你的家人。事實上從這年八月開始，勞教所就違背有關規定，剝奪了你會見家人的權利，一直不讓你的家屬來所會見，理由是所謂「因為所裏分配給你的活你沒有完成，就不讓與家屬會面」。

二〇〇九年的春節前夕，勞教所有一次集體放風，這是你平生的最後一次見到陽光，也是你生平最後一次出現在人群之中。當時的你已經完全不能走路，放風時只能蜷曲著雙腿慢慢地蠕動，無比艱難地在地上爬行。

其他放風的勞教人員看到這淒慘的一幕，一時惶駭得全都屏聲斂息，都不免心生了幾分同情。

12

最後的時刻來到了。那一天天色陰沈沈的，一團團大塊的雲層沈重而又淒涼地，翻滾在天空中。

那一天，是二〇〇九年的二月二十一日，農歷正月二十七。那天離你勞教期滿的日子，已經過去整整七十天了。

這天，你又像往常一樣，為自己早就勞教到期卻不予釋放而喊冤，大聲叫喊著要求「放人」，其他監室的不少勞教人員都聽到了你的叫喊聲。但是回應你的這一訴願的，不是解釋，不是安撫，更不是道歉，不是釋放，而是粗暴，是野蠻。這粗暴和野蠻將導致你永遠地消聲，再也喊不出來。

到了這天夜裏，勞教所的一名管教幹部來到你家中，告知你的家屬「趙文才有重病住院」。當你的家人抵達後，此人方才告知「人下午已經死了」。

趕到醫院後，你的妻子任妞一下子懵了。她看到自己的丈夫身上僅穿著一件單薄的毛衣，面容極度扭曲且痛苦，雙手緊握，眼睛半睜著，蜷縮著腿躺臥在床上，屍體上下有多處的傷痕，屍身慘不忍睹。任妞在心痛和驚駭中淚如雨下，嚎哭得幾乎昏死過去。

你死後第三天，即二月二十四日，河南科技大學司法鑒定中心做出了一份死因鑒定：「趙文才屍表所見符合縊死徵象。」對此鑒定，勞教所對你家人的解釋是：「趙文才是在嚴管室衛生間內『自縊』，被發現搶救後死去的，但監控錄像不能查看。」

對此，你的家人表示不能接受，她們對所謂的「自縊」一說提出諸多疑點，並且要求重新予以鑒定，要求勞教所出具死亡事實經過的書面材料，要求看監控錄像。但是，這些合情合理的要求均得不到滿足。

一莖壓傷的蘆葦墮入漆黑的潭淵。如今我在面對這起勞教所非正常死亡事件的一堆資料，對你的死因結論，對你臨死當日在勞教所裏究竟遭遇了什麼，感到惶惑不解卻也不得而知。

但常識告訴我，在空無一物的勞教所嚴管室裏，勞教人員哪有什麼繩子可供自縊？並且，本案的種種疑點，讓我產生了一系列的質疑：

關押勞教人員的監室，怎麼可能會有皮帶、繩子之類的東西，何況是管控更為嚴格的嚴管室？作為「自縊」的直接證據（或是其他原因致死的直接證據），為什麼監控錄像不能查看？死者頭後部位及脖梗存在大面積傷痕，後背有大面積瘀傷，下巴底部前沿有傷，腳後跟有傷痕，這分明是暴力致死的證據，豈是所謂的「自縊」留下的傷痕？一名關押於死者對面監室的勞教人員提供證詞，當天曾聽到死者似被毆打的呻吟慘叫聲，尖利而又持續，這又如何解釋？

沒有人會解釋這些問題。這些問題會讓某些人及勞教所等單位受到法律的追究。也因此，這起疑點重重的勞教所非正常死亡事件，讓死者家屬、讓所有關注本案的人士均不相信所謂「上吊自殺」的死因結論，而傾向於死者是在超期羈押期間受到暴力致死。

也正因為此，媒體在報導本案、評論員在評論本案時，都不約而同地在標題或正文冠以「冤情記」、「上訪被勞教，含冤死勞獄」、「今世奇冤」、「蒙冤被勞教、慘死勞教所」等等的用語，進而呼籲「徹底查明案情，為民伸冤雪恥」、「讓冤死者的靈魂得以安息」等等。

13

一個年近六旬的農民，腿部染疾的殘疾人，被非法關押進勞教所近一年半之後，就這樣在超期羈押期間、在非人道的境遇中淒涼地死去了。

一條無辜的生命橫遭摧殘，一個合法的公民被逼上死路。——你成了五十載帶著血腥氣味的勞教制度的又一個犧牲品。

一個老實巴交的農民，一戶貧窮農家的頂梁柱，一個家中耕牛被盜的受害者，一個被歹徒毆打致殘的傷殘者，你以報案人的身分前去報案，以受害者的身分四處上訪，卻陸續地被關進看守所、拘留所和勞教所，並且刑期屆滿不予釋放，在無邊的黑暗裏受盡寒霜，在惡劣的環境裏飽受折磨。你希望法律能幫你討還一個說法，卻被司法系統以法律的名義加以打擊，施以刑戮，奪命於監所。

在你的家人認屍回家之後，一家人抱頭痛哭，悲痛欲絕，他們的淚水和內心的痛楚無以復加。在家中耕牛遭到失竊的變故發生之前，你是一條健壯的農家漢子，如今他們的丈夫和父親，卻成了一具冰冷的屍體，並且屍身遍體鱗傷。他們不相信加諸你身上所謂的「擾亂社會秩序」的罪名，她們更不相信所謂的「自縊身亡」的說法。他們相信你是死於非命，死前橫遭暴力，她們發誓要為親人洗雪冤屈，要為這起事件四處上告，哭訴喊冤。

在你死了之後，家裏的境況是更加淒慘了。你的妻子大病了一場，從此後身體一直未能恢復，兩個孩子也無心打工，處於半失業狀態。一家人從此生活在悲傷和陰影之中，期盼著未來能出現一線希望，讓親人的沈冤得以昭雪。

你死於那年農曆正月下旬的日子，死於元宵節剛剛結束後的一天。當其他的村民懷著喜樂的心情歡度新春佳節的時候，當外出的村民紛紛趕回家中過年的時候，你卻在勞教所裏以無罪之身服刑，煎熬，最後蒙冤而逝。

你生命的最後五年，在幾個監所的高牆內黯然神傷，有家難回；你生命的最後時刻，在陰暗的勞教所嚴管室裏淒涼度過，無法見到親人最後一面。你生前為了上訪流落異鄉，死時也回不了家門，你訴願未遂，沈冤莫雪，你死不瞑目。

你是一個視土地如生命的農人，卻無法在生命的終點與土地相伴，與土地融成一片。在那熟悉的田埂鄉土裏，深藏著你的冤屈和你的苦難。

你生前想要求助於國家機器，怎料得國家機器卻囚禁了你；你想要尋求法律，卻沒想到法律早已為你設下了陷阱。你的死，讓我想起十八世紀的意大利刑法學家貝卡利亞在其刑法學名著《論犯罪與刑罰》裏的一句論述：「被稱為正義的刑罰應該是必要的刑罰。伺機以待的暴政以暫時的利益和某些顯貴的利益為誘餌，卻不顧無數不幸者的絕望和眼淚，立法者如果不想使暴政有機可乘，就不能容忍有利可圖的非正義。」

我想，倘若這位懷揣人道主義情懷的義大利學者生於今世，他一定會如這段論述中所說的那樣，對勞教所裏包括你在內的無數不幸者的絕望和眼淚，灑下一掬同情之淚，對當代中國的勞教制度發出憤怒的譴責！

你死於洛陽市境內西郊的宜陽縣，有著「千年帝都、牡丹花城」之美譽的洛陽，是中國的四大古都之一，也是國家歷史文化名城、中華文明和中華民族的發源地。如今，前人創造了燦爛文化的歷史名城，卻成了囚禁後代的監牢，烙上現代社會恥辱的印記。

河洛文化是中華文化的重要源泉，歷代文人墨客在河洛大地上揮翰著文，留下了絢麗的華章，東漢女詩人蔡文姬在目睹了官府的暴行和百姓的苦難後，在這裏飽蘸血淚寫出的《悲憤詩》，今日讀來，彷彿正是訴說著你的淒慘遭遇：「豈敢惜性命，不堪其詈罵。或便加棰杖，毒痛參並下。旦則號泣行，夜則悲吟坐，欲死不能得，欲生無一可。彼蒼者何辜？乃遭此厄禍。」

你的悲慘遭遇，還讓我想起了《聊齋志異》中的一篇〈冤獄〉裏的主人公，也即那個被官府構陷、嚴刑拷打得死去活來的山東陽谷人朱生。可與你相比，朱生最終畢竟還能夠冤情昭雪，縣令被參奏免去官職，而你，卻沉冤莫白，永成冤魂。當我讀到蒲松齡在此文的附筆感想中對皂衣官隸的憤怒、對無辜良善百姓的同情，感到強烈的共鳴，轉而想到你受到的冤屈和迫害，心中的悲憤難以抑制：

訴訟折獄乃是當官的第一件要務，培養（自身的）陰德，（或者）泯滅天理，都在這些事上，（因此）不能不慎重啊。急躁、貪汙、粗暴，原本違背了與上天的氣數；

（使犯人被）等待、拘禁、連帶（卷入他人），也是損害了百姓的生活。……哪裏知道（地獄中的）水火獄裏（比喻官府的牢獄），有無數的冤魂，伸著脖頸喘息，期望有人拔救呢！這在奸險兇頑的百姓身上，也沒有什麼好可惜；但在無辜牽連的百姓身上，又怎麼能忍受呢？況且無辜的牽連（之中），總是奸惡的人少而無辜的人多；但無辜百姓遭受的損害，甚至比奸惡的人加倍。為什麼呢？奸惡的人難以懲治，而良善之輩易受欺侮。皂衣官隸的毆打辱罵，公差侍從的需求索要（賄賂），都是看中良善的人而施以暴行。

你死的那一年，一場舉世矚目的隆重慶典將要粉墨登場。到了金秋十月，屆時在京城將會有盛大的閱兵儀式，華麗的文藝演出，炫美的焰火表演，還有雄渾的一口頌歌。為了確保這場盛大慶典的順利舉行，活動籌備工作要花上幾乎一整年的時間，傾舉國之力準備，動員，周密部署。而你，趙文才，一個中原大地上普普通通的農民，一個腿部染疾的殘障者，在這一年的二月，在嚐盡了摧殘和虐待，飽受了上訪之苦和勞教之苦之後，在勞教所裏無聲無息地死掉了。你的死狀淒怖駭人，屍身傷痕累累，並且面容極度痛苦，雙目圓睜。

14

在你因上訪被判勞教並且超期羈押、而後在勞教所非正常死亡之後，這起殘疾上訪農民在勞教所非正常死亡的事件，成為近年來接二連三的監所內非正常死亡事件沖擊波之下的又一起惡性事件，引起社會的廣泛關注。

公眾普遍對你的冤死表示同情，各種媒體作出報導和評論，發出「趙文才之死，誰之過？誰應該為此承擔司法責任？！」的沈重責問，不少媒體人和評論員為你的冤情不停呼籲，在校大學生誌願者對你的家人進行採訪報導，你的子女趙現鋒、趙利霞強壓著悲痛和淚水，如你生前那樣四處上訪，不斷地奔走於各級機關門口，要求重新進行死因鑒定，重新認定死因，對勞教所的非法勞教、超期羈押和其他違法行為著手調查，同時要求追究相關責任者的法律責任。

儘管本案最初的死因鑒定疑點重重，死者的傷情一目了然，死者家屬提供了照片、證人證詞等有力證據，但有關機關至今仍然要麼是消極的不作為，要麼是相互推諉，再不就是拿點錢出來作為「封口費」，希望死者家屬接受，以圖息事寧人。這使得疲於上訪之路的趙現鋒兄妹二人如父親生前一樣，有冤無處訴，有理無處講，也使得本案的真相至今仍是未能公之於眾，死者的冤情仍是未能昭雪，讓善良的人們深感無奈而又忿忿不平。

在你死後的這幾年間，不斷地有專家學者、法律人、媒體人、人大代表、政協委員、普通民眾和勞教受害者等各界人士發出呼籲，或以公民聯署的形式，或以違憲審查建議書、廢除建議書的形式，形成了二十一世紀以來一場中國社會罕見的民間集體行動。這些洋溢著道義良知和社會責任感的公民聯署主張書或建議書，直指「勞動教養堪稱當代中國第一大弊政」、「終結惡法」、「消除弊政」，種種直陳匯聚成一個義正辭嚴的要求——廢除勞動教養制度！

人們希望，就像二〇〇三年孫誌剛事件最終導致了收容遣送制度的廢除那樣，近年來接連不斷的勞教所非正常死亡事件，也能夠帶來一系列勞教領域的「惡法」即勞教法規的廢除，也能夠埋葬另一項弊端更加突顯的制度——勞教制度，從而在勞教制度領域杜弊清源，而做出根本性、制度性的變革。

但時至今日，這些呼籲均像是落在茫茫曠野之中得不到回聲，人們至今也看不到如今已是聲名狼藉、千夫所指的勞教制度得以終結的一線曙光，只看到一些地方當局出臺的治標不治本的臨時性應對舉措，譬如「開展集中整治勞教場所非正常死亡問題」之類的所謂「專項行動」，均是些揚湯止沸之舉，而不是釜底抽薪之策。

不僅如此，這幾年來，類似於你的勞教所冤案和非正常死亡事件仍不時地發生而被曝光，百弊叢生的勞教制度依然無日不斷地在吞噬著這片土地上的善良百姓、無辜公民。十七世紀英格蘭劇作家本·瓊森曾期寄的「罪惡在蔓延，所以正義應得到聲張」的情景，對於這個苦難深重的國家來說依然是水中月鏡中花。

時至今日，你辭別人世已經三年多了。在你的家裏，你曾經精心拾掇的牛圈仍一直閑置著，你生前最愛穿的那件破舊風衣在衣櫃裏已經蒙塵。三年前你離去的時候正值寒冬，如今已是春暖花開的時節，遠方的河洛大地應是春意盎然，無數盛開的牡丹爭妍鬥艷吧。

在安葬你的那片荒野，必有浩蕩的春風不斷地吹來，好似在述說你生前承受的苦難，同時也在撫慰你的傷痛——如今你終獲自由，再也沒有構陷和逼迫，再也沒有囚禁和凌虐了。只有明月照著你的墓碑，清露沾濡你的墳冢，還有那輕而柔和的荒煙縷縷，蔓草萋萋。

寫於二〇一一年十月至二〇一二年五月

動筆於二〇一一年十月二十六日

後因其他事務擱筆數月，完稿於二〇一二年五月九日

讀歷史11　史地傳記類　PC0262

麥子不死
——寫給底層受難者的八封信

作　　者／楚　寒
責任編輯／鄭伊庭
圖文排版／彭君如
封面設計／王嵩賀

發 行 人／宋政坤
法律顧問／毛國樑　律師
印製出版／秀威資訊科技股份有限公司
114台北市內湖區瑞光路76巷65號1樓
電話：+886-2-2796-3638　傳真：+886-2-2796-1377
http://www.showwe.com.tw
劃撥帳號／19563868　戶名：秀威資訊科技股份有限公司
讀者服務信箱：service@showwe.com.tw
展售門市／國家書店（松江門市）
104台北市中山區松江路209號1樓
電話：+886-2-2518-0207　傳真：+886-2-2518-0778
網路訂購／秀威網路書店：http://www.bodbooks.com.tw
國家網路書店：http://www.govbooks.com.tw
圖書經銷／紅螞蟻圖書有限公司
114台北市內湖區舊宗路二段121巷28、32號4樓
電話：+886-2-2795-3656　傳真：+886-2-2795-4100

2012年11月BOD一版
定價：340元

國家圖書館出版品預行編目

麥子不死：寫給底層受難者的八封信 / 楚寒著. -- 一版. -
- 臺北市 : 秀威資訊科技, 2012.11
面； 公分. -- (史地傳記類)
BOD版
ISBN 978-986-326-004-2(平裝)

857.85 101019682

讀者回函卡

感謝您購買本書，為提升服務品質，請填妥以下資料，將讀者回函卡直接寄回或傳真本公司，收到您的寶貴意見後，我們會收藏記錄及檢討，謝謝！

如您需要了解本公司最新出版書目、購書優惠或企劃活動，歡迎您上網查詢或下載相關資料：http:// www.showwe.com.tw

您購買的書名：______________________________

出生日期：________年________月________日

學歷：□高中（含）以下　□大專　□研究所（含）以上

職業：□製造業　□金融業　□資訊業　□軍警　□傳播業　□自由業

□服務業　□公務員　□教職　□學生　□家管　□其它_____

購書地點：□網路書店　□實體書店　□書展　□郵購　□贈閱　□其他

您從何得知本書的消息？

□網路書店　□實體書店　□網路搜尋　□電子報　□書訊　□雜誌

□傳播媒體　□親友推薦　□網站推薦　□部落格　□其他__________

您對本書的評價：（請填代號　1.非常滿意　2.滿意　3.尚可　4.再改進）

封面設計____　版面編排____　內容____　文／譯筆____　價格____

讀完書後您覺得：

□很有收穫　□有收穫　□收穫不多　□沒收穫

對我們的建議：______________________________

____

____

____

請貼
郵票

11466
台北市內湖區瑞光路 76 巷 65 號 1 樓
秀威資訊科技股份有限公司 收
BOD 數位出版事業部

(請沿線對折寄回，謝謝！)

姓　名：________　年齡：____　性別：□女　□男

郵遞區號：□□□□□

地　址：________

聯絡電話：(日)________ (夜)________

E-mail：________